Ludwig Weibel
Höchster Kraft Beschaulichkeit
Werden in bewusster Harmonie

Books on Demand

Bibliographische Information der Deutschen Nationalbibliothek. Die Deutsche Nationalbibliothek verzeichnet
diese Publikation in der deutschen Nationalbibliographie,
detaillierte bibliographische Daten sind im Internet über
http://dnb.dnb.de abrufbar.

© 2016 Autor: Ludwig Weibel
Herstellung und Verlag:
BoD – Books on Demand, Norderstedt
ISBN 9783741261343

Ludwig Weibel

Höchster Kraft Beschaulichkeit

Inhalt

Flügge werden
5

Allegorie der Hoffnung
31

Schwingen zu erhabnem Flug
59

Liebe zum Lebendigen
85

Feuerschein des Herzens
111

Tau im Sonnenstrahl
125

Meisterschaft im Deuten
151

1
Flügge werden

1.1

Ieh Bin die Weisheit, zu geniessen, was Ich habe. Mein Mich-Erwarten gilt dem Morgensonnenstrahl am Horizont verträumter Wasserweiten in der Stille Meiner Seinsnatur. Spiegel Bin Ich Mir, um See und Seele einer makellosen Himmelsbläue anzubieten. Helle ist das Kleid, mit dem Ich Mich belebe und gewissenhaft Mein Tagewerk zu neuem Ruhm entfalte in der Reihe Meiner Ruhmestaten.

Meine Willkür ist im vollen Umkreis Meines Mich-Verstrahlens licht und schön. Durch die Lüfte, durch die Düfte braust die Kunde Meines Gegenwärtigseins aus heillos weiten Fernen zu den Ufern Meiner Wesenpracht im Grünen. Glanz und Gleichmut sind die Attribute Meines Hierseins in bezaubernder Manier, die Augensterne zu ergötzen. Was Ich leiste, leistet sich kein Zweiter in der Runde derer, die Gewaltiges erschufen; was Ich Bin ist noch in jede Grille jeden Seins geprägt, das sich aus Mir erhebt im gloriosem Mich-Verfluten.

Nun geschiehts, dass sich die Helle steigert in ein nicht mehr anzuschauendes Idol von Kraft und Süsse, strömender Lebendigkeit und Grazie des Erscheinens. Wärme wallt begütend durch die Sphären und beglückt und hütet Welt und Weltenwesen allzumal. Schieres Staunen weckend wirft die Strahlende sich in den Bogen der begeisternden Behutsamkeit und fügt, in wissendem Vergeben, ihrer Kräfte Bund ins Wirken des All-Einen.

Jeden Tages Dauer ist bemessen nach der Glorie des Auferstehns und der des Sinkens in die Träume vom Gewesenen in Purpur, Gold und stillem Sich-Verngluten. Meine Würde aber ist das Sich-Ereignen einer Ewigkeit im Jetzt der Dinge, allesamt von Mir in trautem Mich-Begründen und Erfinden, in der Wallkraft der Gegebenheiten, wie im Weistum, das sich ihnen einmischt, wo sie sich ins Wirkliche vertun.

Die Gemeinschaft mit dem Heilen, das Ich Bin, gebiert vollendetes Erleben und Ergeben, weit und nah in Meinen unermessnen Harmonien.

1.2

Mir selber Zeugnis Meines Daseins ist noch jeder zündende Gedanke, jede Glanzidee und jeder Satz im wortvermählenden Geschick, mit dem Ich Mich begabe. Reiner Spürsinn führt Mich auf die Spur der Eigenwilligkeit, die in Mir west und radikal mit den Gespinsten des gedanklichen Vermögens aufräumt in den Hallen Meiner Seinspräsenz im himmelslichten Weben.

Was deinem Auge als ein Mehr erscheint, ist unbewusstes Mindern Meiner Geistessonnensprühkraft in den Wesen des vergänglichen Äons. Nur - die Doppelbahn von Sinn und Sein vermag den Bogen Meiner Seinsgefälligkeit gekonnt zu schliessen in der einen, philosophischen Gebärde, die Mir eigen dort und hier. Stammhaus und Lokal des Weltagierens sind noch immer Ausdruck und Garant desselben Leitsinns im geschäftlichen Verfügen; so in Mir die vielen wirlenden und quirlenden Sensoren Meiner Allgeschicklichkeit in allem Wesenhaften, das Ich Meinem Seien angelobe.

Luna ist nur Luna durch den Machtspruch Meiner Weise, Wirklichkeit in Mein Allwesensein zu implantieren. Färbung an den Horizonten ist nicht aus sich selber schön. Sie zeugt von Meinem ständig Mich-Verwandeln, dass Mich niemand fasse und blockiere in den strömenden Vergänglichkeiten, die Mein Ein und Alles sind seit Urbeginnen im erhabnen Zeitenlosen.

Wieselwendigkeit ist Meines Mich-Erschaffens Stil, von keinem je geschnappt und auf den Tisch gelegt des gierigen Begreifens. Nun, so sei Bewegtheit auch in deinem Mir-Gehören. Lässest du die Zauberkraft aus Meinem Quellstrom in dein Weltensein fliessen, feiert Meine Seinswucht Urständ und vermag in Windungen und Zielgeraden Meinem Duktus sich zu nahn, um schliesslich mit ihm zu verschmelzen ins alleinige Gebärdenspiel.

Flug um Flug Bin Ich im Flügge-Werden der sich wandelnden Gemüter, Gruss um Gruss aus Meiner Bodenständigkeit im Seinserfahren, das Ich auf die hohe Kante lege und - verspiele noch in jedem Unmass das geschieht und wieder Mir gewinne in der Glorie des seinsgewissen Auferstehns.

1.3

Wandel und Verwandlung ziehn sich Hand in Hand durch's Menschenleben. Jede Geste deines Waltens rührt dich bis zuinnerst an und wirkt dein Vorwärtsschreiten auf mäanderhafter oder schnurgerader Bahn. Dein Bewusstsein fällt den Spruch für dein Betragen. Ist es wach, führt es dich ungesäumt zu dem, was Ich erreichen will in deinem Dich-Bewegen; hüllen es die Schleier des Beschränktseins auf dich selber ein, so tappst du wie ein Trunkner bald in diese, bald in jene Falle illusorischen Bemühns und musst den Umweg teuer dann bezahlen.

Was Ich dir rate ist, dich ganz dem Unsichtbaren, leis und luftig Gegenwärtigen, das Ich dir sein will, anzutrauen, um Gedanke nach Gedanke Meines Bildens zu empfangen, wie von einem Seelenbilderbuch. Hast du dies begriffen, greifen deine Rädchen ins immense Radwerk Meiner Weltenuhr und bewegen sich durch Jahr und Tag nach Meiner Gründlichkeit im Weltbegründen. Kein Knalleffekt vermag dich solcherweis noch zu erschrecken; dein Schicksal wird zum Minnesang an Meinem Hof der tausend Seinsbegebenheiten und erfüllt sich nach den Regeln Meiner Kunst in kunstvoll ziselierten Formen Meines schöpferfreudigen Entladens. Lust am Schaffen neuer Zauberwerke wird dich dann beseelen ebenso, wie die Befriedigung im Sein zu stehn und mitzuhalten an den überwältigenden Abenteuern, die die Geistgiganten in und an der Welt verrichten.

Nimmst du dir die Musse, deines Lebens Muss in rechter Weise zu ergründen, treibst du Wurzeln in Mein Da-Sein dir zur Wahl. Meisterschaft erringen ist der Endpunkt deines Dürstens nach Erkenntnis und Beseligung im Menschental. Dein Bewusstsein ist das Steuer, das dich im Verändern wunderbare Wege führt in Meinen Wassern zu Glückseligkeit und Wonne, wenn du's recht verstehst, die Strömung auszuhalten und den Kurs zu führen nach dem Stern der Weisheit, der dich sicherlich zu Meinem Ziele führt.

Sein im Sein ist deines Herzens innigstes Begehren; Seinsbefriedetsein dein Ein und Alles in der Fülle deines Bogens, Meinem Frieden zu.

1.4

Der Lebensbitternis enthoben, weiht sich Mein Bewusstsein dem Beschauen reinen Freiseins im Erhabenen, das Mich beseelt und das Mein Schatz ist, unvergänglich, unverwüstlich in der Wüste des geschäftigen Bemühns. Glanz im glänzenden Bestreben Mich zu sein, ist jedes Auferstehn ins Seinserkennen, das Ich Bin und das in ein und allem seinen Anfang und sein Ende findet, wonnesam in wunderlichen Zügen.

Was Ich so an Mir bemerke, ist die Tatenträchtigkeit, die Mir zu eigen und der Sinn, den Unsinn zu durchschauen, der ins Kraut schiesst in sovieler Weise des Entscheidens. Makellosigkeit in aller Form kann Ich bezeugen und Gerechtsein allem gegenüber, das Mich sucht und bitten will in seinen Seinsbelangen. Nektar Bin Ich den Verfemten, Gleichmut den Geplagten und die Wissenschaft des Andersartigen den klug gewordnen Häuptern *Meiner* Art, die Dinge zu beschauen. Doch vor allem Bin Ich unberührtes Wohl Mir selber im Empfinden der Begrenztheit auf das Eine, das Ich Mir bewahrt und das das Viele einschliesst, hemmungslos im Seinserfahren. Merk gut auf, wenn Ich dir dies besage, denn es geht dich bis aufs Blut im Tiefsten soviel an, dass du ins Reine kommst, wenn du's begreifst, mit dir und mit den andern, die dich so begleiten und dir Kummer, Freud und Lieblichkeit bereiten, in beschwingten Lebensstössen.

Trachte du nach weisem Dich-Beschränken auf das Eine, das Ich Bin in dir, damit du alles hast, was sei und was die Liebe dir gegeben. Mahnmal deiner selbst sei im Begründen des Akribischen im Gutsein und im Güte-alleweil-Verströmen. Denn Vollenden ist ein Attribut unendlichen Bedeutens, das Ich in Mir trage und das du ebenso erträgst in Meinem Dich-Durchwehn.

Sag an, was gibt es Bodenständigeres zu erreichen, als was Ich dir Bin in Breiten, Längen, Höhen, Tiefen, Saus und Braus und milder Anmut im Betragen. Weite deine Schwingen, schön gewordne Seele und vollzieh den Hochflug in Mein bräutliches Erröten vor der Inbrunst deiner Wahl.

1.5

Ein Wichtelmann will mehr als andere sein Sein betonen. Doch bereitet er sich unnütz Sorgen um die Glorie seiner Reputation, weil, was er will, ein Wahn ist von der Art, die Wir besonders leicht durchschauen. Seinsbescheidenheit zu präsentieren ist viel schwerer, denn als Gladiator in der Mitte der Arena festzustehn. Das kommt vom Unsichtbaren das am Wahren haftet und sich hüten muss, für sich Reklame anzuschlagen. Wisse, dass Gerechte sich zuallererst als ungerecht empfinden, wenn sie nur den kleinsten Makel an sich sehn. Die Feinen müssen feine Wege denn beschreiten, um Mein Werk in ihnen zu gewahren und mit Mir allein vorlieb zu nehmen in der prunkenden Palette von gebotnen Schmäusen. Viel verlang Ich von den Wenigen, die sich nach mehr als warmen Brötchen umsehn in der Sehnsucht ihrer Tage, denn sie müssen tunlichst unterscheiden lernen, ob ihrer Emsigkeit Dämonen oder Engel zu Gevatter stehn.

Nur Mich und Mich zu suchen tut oft weh, weil Unverständnis und Alleinsein das Gemüt belasten und der Zorn der Seinsverschmähten sich am Lamm entlädt und es zur Schlachtbank führt mit sonderlichem Wohlbehagen. Nur Festigkeit im Wandel und Gediegenheit im Werk des Mitdem-Höchsten-Gehn bewirken wahres Freisein von Verstiegenheiten und jedwelchen Ambitionen, die ins Jenseits des Vernünftigen führen.

Nach Mir breite deine Flügel aus, wenn du im Fluge willst gesunden von der Sinne trüg'rischer Bedeutsamkeit, denn bedeutsam sind sie nur in Meinem Prosperieren. Handle salomonisch, wo du immer dich zum Handeln angehalten siehst und lächle denen Liebe zu, die dich verhöhnen. Barhaupt trag dein Scherflein zu den Füssen Meines majestätischen Regierens und gewähre deinem Sinnen Übereinkunft mit der Sinnkraft Meiner seinsgewissen Gaben.

1.6

Bis zum Gehtnichtmehr intakt Bin Ich im Urleib Meines Seinsgewissens jetzt und jetzt in jedem Wesen, dem Ich Mein Bewusstsein borge, um es, nach erfüllter Weltparade, wieder in das Meine hochzuziehn. Ziehn heisst hier, den Gegenwert der Gegenwart erkennen im begeisternden Gefühl *Ich Bin* und hätte dazu weiter nichts zu sagen, wenn Mich nicht das Freisein allsogleich dazu verlockte, es hinauszujubeln ins erwartungsvolle Raumgehör. Gottesatem nenn Ich, was geschieht im Mich-in-Meiner-Eigenart-Versammeln, wie im Strömend-aus-Mir-selbst-in-alle-Winde-Gleiten.

Alles ist Allegorie des Guten, das Ich Bin im Oben, Unten, Weit und Breit und in gemässigteren Zonen. Im Grunde kann nichts seiner eignen Grösse sich enthalten weil *Ich* es befruchte und bedeutend mache, Zug um Freudenzug in stetem Überwinden. Klarheit ist mehr, als Absenz des Trüben; aus sich selber strahlend ist sie da und lässt sich niemals wegnegieren. In die Sümpfe steigen heisst für Mich, das Aussen nur der Stiefel Mir beschmutzen, innen aber Bin Ich rein und unbescholten und gelange ohne jede Wende ungesäumt ans Ziel, das Ich schon immer in Mir eingeschrieben habe. Leistung kenn Ich nur vom Hörensagen, weil Ich allem Seinsforcierten Mich entzieh im unermesslich zart gestimmten In-Mir-Weilen. Alle Brücken abgebrochen hab Ich, die Ich je erschuf, zu Meiner Innigkeit im überwältigenden Glücksempfinden. Macht der Helle Sang des Seligseins gehört an jede Stelle wo Ich Mich erfühle und erfülle als das Eine, Unfehlbare, das Ich schauend Bin im Liebesabenteuer Meines Mich-Verglutens. Vollwert Meiner selbst, benenn Ich mit Entzücken, was Ich mit Mir meine und berausche Mich am Sieg, der noch in jeder Faser Meines Schöpfungsseins rumort, indem Ich diesen im Gedankenbilderspiel bereits errungen. Hoffen wird so zur Gewissheit, dass die Dinge so sind wie Ich sie erkenne und dass sie sich nach Meines Willens Wahl auch gradewegs ins Nichts verlieren, das Ich nach Belieben Bin in Meinem Allbelieben.

1.7

Ich hole alle Dinge heim in Mein Berufen mit dem Herzensruf, den Ich allüberall verbreite. Sehnsucht kann in Mir nicht bitter sein, weil sich in jedem Fall erfüllt, was Ich Mir trauend, schauend, wissend und behütend ins erhabene Gemüt geschrieben. Glaube deiner Stärke, sag Ich, denn sie ist von Mir. Wiederhol dich nur im Dich-Beglaubigen an Meiner Statt, die deine Stätte ist in Übereinkunft und glückseligem Begaben. Was Ich in dir leiste, lass wie Brausewinde los und stürme dich in Mir durch's Leben Meiner Provenienz im Guten. Achte Meiner noch in jedem Grillchen eines Gegenübers, das sich figalant in Szene setzen will im Menschenkinderspiel. Bedenk: Ich Bin es ja gewesen. Nötige kein Ding, ein anderes zu sein, als was es sein will im begehrenden Betragen, denn wer wollte Mich schon nötigen in seiner eignen Not. Es lüftet sich dir Seinsgeheimen um -geheimen nach dem Mass unbändigen Vertrauens, das du in dich setzest, Meinem Wirken zu. Ich kann und kann die Treue nicht zerbrechen, die sich über alle Himmel zieht in jedem Nippen an Mir selbst im Wesensvariantenspiel, das Ich Mir aufgezogen. Laster schlagen schwer zu Buch in Meinem Lastverteilen. Wehen sind die Konsequenz des Schmorens, das Ich an Mir selbst vollzieh, bis alles, nach vollzogner Wende, gar ist und garniert zum Festschmaus der Gediegenheit an Göttertischen. Wer das Mal erringt auf Stirn und Nacken, nimmt als Geladener den Platz der Ehre ein, der ihm gebürt und der ihm Zeichen ist des Überwindens aller Gegensätzlichkeiten auf der einen, würdevollen Bahn.

Gerettet ist, wer sich zum Retter seiner selbst in Mir erkoren, gefallen, wer das Wachs an seinen Flügelchen verlor im heissen Überborden. Nur was Ich sein kann in den Meinen, lässt die Leinen los und wallt im Wind der Wonne wunderbaren Gleitens über Meines Seins Ozean.

1.8

Ich Bin das Mass in Meinem Über-Mich-Verfügen
die Treue Bin Ich allem zu
was sich gesellt zu Meinem Mir-Genügen
in unerschütterlicher Ruh

Wer immer sich behauptet in der Sonne Strahlen
behauptet sich erwartungsvoll in Mir
und ist in seines Daseins Talen
schon ausgeschmückt mit Himmelszier

Sein Werk gestaltend schafft er, was *Ich* meine in
fein geschwungnem Seine-Kunst-Begehn
und ziseliert das wohlbedachte Kleine
derweil Ich Bin das grandiose Weltendrehn

Die Sterne sind in Meinen Bund geschlossen
so gut wie jedes Herz in stummem Weh
und jede Menschenhand, die unverdrossen
Mir dienen muss, was immer auch gescheh

Mich selbst ist alles, was aus Mir geflossen
und stellt sich sehnend wieder ein
in Meine urgewaltigen Trossen
die ziehn das All ins Seligsein

1.9

Das Bild als Ursprung Meines Bildens seinsbewusst zu sein ist Meine Stärke, Mein Erhabensein und Mein Erfahren. Wie sollt es deins nicht sein, wo Ich in dir Mich selbst bezeuge in der Art des Meisters zum Gesellen, des Bewussten zum erwachenden Gespan derselben Tugend und desselben Gleichmuts in der Mündigkeit der Sphären. Kein Yota hab Ich dir voraus, wenn du dein Hierseins Alphabeth gelernt und ganz genossen, wenn du schnurstraks in Meiner Küche Pfannen dir ein Süppchen fabrizierst und seliglich darüber dich den Düften hingibst, die sich dir verstömen. Du bist im Sein in bester

Minne aufgehoben und bedeutest dir, was Ich Mir immer schon bedeute in erwartungsvoller Weise her und hin. Trägst du dir bei, was Ich dir zutrag, bist du bald ein Bild der absoluten Einigkeit mit Mir im souveränen Dich-Behaupten.

Weckruf deiner selbst Bin Ich im Wohlbeginnen einer blühenden Zäsur im Grundstock deines Dich-Begreifens. Tatendränger lass Ich Mich nicht lumpen, wenn es darum geht die Fülle zu verteilen, das Gerechtsein und die Lieblichkeit, die sich im Schönen zum Beschauer neigt, mit Grazie umwunden. Geselle dich zur Heerschar derer, die ihr Sein in Meinem etablieren und damit die weisse Kugel ziehn im seinsgalanten Spiel, das Ich den Nach-Mir-Süchtigen dahingegeben. Trautheit und Vertrautheit mit dem Höchsten ist ihr Los, das rettet sie vorm Fallstrick des Verderbens.

Zünde dir dein Lichtlein recht behutsam an an Meinem Mich-Verstrahlen, stell es auf den Scheffel der Beständigkeit und lass es sich zur Flamme reinen Gotteslobs entfalten. "Warum Bin Ich so", wirst du dich fragen: Weil du heimgekommen bist in Meines Wonneseins Empfinden in der Zartheit deiner Seinskultur.

1.10

Was *Mich* betrifft ist alles schon im Keim so gut, dass Ich es nicht zu korrigieren brauche. Tadel liegt Mir fern an Meiner eignen Strategie, den Dingen ihren Lauf zu lassen. Wie die wilden Wasser brause Ich daher, wenn Meine Schleusen offen sind, dem Freiland vehement entgegen; als grosser Sinnender verschränke Ich Mich auf dem Sockel der Erhabenheit, wenn Ich Mich auf Mich selbst besinne im bedeutungsvoll gewordenen Beruhn.

Wahrhaftig weise kann nur der Gezähmte Meines Willens sich benehmen; gefügig ist nur, wer sich Meiner Fügung fügt und ohne Wenn und Aber Meiner Tritte sich bedient, um raschen Gangs emporzuschreiten. Bist du dir bewusst, wie schön und trefflich Meiner Anmut Züge sich in dir verbreiten, wenn du Mich gewähren lässt im ganz naiven Glauben, dass Ich's gut und besser weiss, als alle Welt es meinen möchte im Gewirr der Stimmungen und Stimmen. Zum Guten treib Ich Meiner Schäflein Wollenschal; zum Bessern treib Ich ihre Güte, selbst wenn Ich sie zuzeiten scheren muss, um ihr Errungnes liebvoll zu besehn.

Langatmig Bin Ich nie, wenn's darum geht ein Huhn zu rupfen, das Mir in die Quere kam in deinem Garten. Des Federlesens ist ein kurzes Ende, allsobald wie Ich der Szene ihre Prägung geb und Ordnung schaffe im Gewühl der Missetaten.

Weichheit, Wonne und Bewegtheit ist Mir eigen in der sonnenseligen Natur, wenn nur das Lichte Mein Bewusstsein kräuselt und die Siegesläufer ihrer Runden Zahl in Mir vollendet haben. Was bleibt Mir noch, als Mir in ihnen den im Menschenreich berühmten Lorbeerkranz um's Haupt zu winden, um in wunderbar getragener Gestilltheit in elysischen Gefilden dann die Ruhe zu geniessen.

1.11

Dass deine, Meine Freude schon vollendet sei, beschwing Ich Mein Verfahren, alle Welt mit Liebe, Licht und Himmelstrautheit zu versehn in wonnevollen Tagen. Was ist Wärme, wenn nicht Meiner Liebe goldgewirkter Strahl; was hebt die Lüfte und die Herzen himmelan, wenn nicht die Sonnenwärme, die Ich liebevoll verstrahle. Leben heisst, sich lind und zart im Liebeswehn umfahn und heisst, die Wesen all in ihrer Herzlichkeit begreifen. Was der Lippe nicht im Reden sich entrollt, sollst du in Zärtlichkeiten sagen; was die trauliche Gebärde weiterträgt im Schweigen, soll von Mir ein Zeichen sein elysischer Holdseligkeit in heiterem Vergeben. Ein jeder darf zum Brunnen reiner Liebe gehn, wenn seine Hände sich der Gier enthalten; jede Minne aus dem Herzen ist berückend schön in Meiner Weise, einem Lächeln Liebe heimzuzahlen. Was der Kummer um die schelen Blicke in der Welt verdirbt, will Ich mit Güte überstrahlen, die Ich in die heilen Augen Meiner Treuen sä', dem Lieblichen den Weg zu bahnen. Anmut ist der Plumpheit haushoch überlegen und bewegt voll Grazie, was sie bewegen möchte, unfehlbar im Herzbewegen. Ihre Gründe sind die Meinen in der Zärtlichkeit des himmlischen Begründens; ihre Zauberkraft befreit des Sehnens Drang zu selbstverlornen Taten.

Wie viel bleibt noch im Wandel der Gezeiten für das Zärtliche zu tun, das sich verbreiten will wie das Gedufte eines Lindenbaums im Grünen. Wie langt das Göttliche voll Verve nach dem Ebenmass der Menschen im entzückten Durch-die-Tage-Gleiten. Soviele Paradiese sind noch leer und harren nur der Vöglein, die sie zwitschernd, schnäbelnd und beglückt durchschiessen in der Liebesluft, die allem innewohnt, was Ich mit Lieblichkeit begabe. Wie die Weiden beugen sich die Dinge Meiner Glut einander zu und lassen sich vom Hochgefühl des Seligseins verwöhnen.

1.12

Dein Wesentlichen huldige von Tag zu Sonnentag in Meinem Dich-Umfangen; der Leichtigkeit der Sphären aufgetan sei, was du bist in deinem Wesen voll geheimnisvoller Akribie des Selbstverwöhnens. Mittelsmann der Treue sei von Mir zu deinen Lieben, Klausner in der Art des stillen Dich-Verschliessens im beseligenden Sang, den Ich dir intoniere. Wieviel Worte werden wahr aus Meinem Wortbegaben, wenn du lauschend ihren Sinn ergründest und die Blicke senkst, bis auf die Gründe deines Wesens. Mein ist dein, wirst du voll Staunen dann erfahren und die Dinge all im Freudenlichte sehn.

Du gleitest wie das sorglos Schlummernde in Meinem Liebelicht dahin auf Götterwegen; wie die Palme neigst du dich vor Meinem Sonnenstrahl und labst dich an dem liebevollen Gluten. *Wo* du bist, sei immerzu in Meiner Würde aufgehoben; wo du hinschweifst, schweife unentwegt zu Mir, dem grenzenlosen Wonnesein entgegen.

Was ist Lauterkeit, wenn Ich sie nicht entbinde, was Gefälligkeit des Herzens, wenn sie nicht aus Meiner Innigkeit erstrahlt. Niemand soll in seinem Streben einer Kunde je den Vorzug vor der Meinen geben; aller Töne Flöten flötet sich aus Mir im seinslebendigen Mich-Verspielen. Ausgelassenheit ist nicht die Art des feinen Göttlichen, das Ich in Meiner Dinge Dürftigkeit verströme. Edelmut und Tugendstärke sind von Mir und tragen die Begabten flugs zu Meiner Sterne glühendheissem Wohl von Meiner Art, das Wohlsein zu beschliessen,

Künde Meine Kunde in die Welt der Spiesser und Banausen und begabe sie mit Wein aus Meiner Lordschaft, dass sie trunken seien von der Gottesliebe Wehn. Befehle nicht, lass leuchten was du bist, wie Ich die Sonnen leuchten lasse in die Räume Meiner Unvernunft im liebevoll Mich-Vergeben.

1.13

Dein Ringen um das Selbstgefühl geb Ich die gloriose Wende zum Erhabenen, das Mich und alle Welt beseelt in unveränderlicher Weise des Bedeutens. Berufung nenn Ich's und Befehl, das Innesein nach aussen hin zu kehren, die Sehnsucht nach Unendlichem Unendlichem zu weihn in wunderbarem Dich-ins-All-Verströmen.

Weiterdrängen will Es sich in jeder drängenden Natur, dem Unerforschlichen entgegen. Und in der Forschheit des Gedankens lässt sich dann das Wesen aller Dinge nach dem Mass der Inbrunst tatenfroh erkennen, selbstlos lieben und das eigne Wesensein aufs trefflichste mit ihm verbinden,

Ohne Zweifel ist Erkennen der Behelf, mit dem wir uns die Bahn zur Freiheit präparieren. Nachtgesänge sind für Schwärmer, Mein Blitzen aber bringt den hellen Tag ins Kuriosum Meiner Züge. So verwandl' Ich, was Ich bin zum Guten, so ertrage Ich Mich selber in Gefahr und Gleichmut, in Gewissenhaftigkeit und überwältigendem Siegen.

Immer bitte Ich Mich selbst zur Kasse, wenn Ich Mir Rosinchen aus dem Leben picke, um sie gierig zu verschlingen. Alles Glänzende dreht Meinen Blick vom Innen nach dem Draussen und verzettelt Mich ins tausendfältige Verspielen. Nur die Sammlung macht Mich wieder wahr und bringt Es auf den Punkt, das Ich-Sein voller Grazie zu erfahren. Ein und alles ist die Umkehr der Begriffe, je nachdem, ob sie im Hier, ob im Unendlichen den Ansatz finden. Das mag verwirrend sein für kindliche Gemüter, doch ist den Wesen all der Wille zum Erwachsenwerden auf den Weg gegeben, so dass ihn beschreiten Rosen bringt ins hoffende Gemüt und in der Sonne Meiner Gegenwart sich Freudentränen lösen.

Nie und nimmer lass Ich Meine Welt vollends ins Diesseits gleiten. Hoch in Höhen, abgrundtief in Tiefen bleibe Ich Mich selber im Ich Bin, in dem Ich nur Glückseligkeit und Wonnesein empfinde.

1.14
Auf dich gemünzt sind alle Äusserungen Meiner Akribie, dich zu belehren. Wie man den Brotkorb hochzieht, wenn er voll mit duftendem Gebäck beladen, zieh, was *Ich* dir schenke, hoch in dein Gewissen und geniess es, wie man Brötchen sich genüsslich zu Gemüte führt im täglichen Pausieren. In Musse will Mein Mahl genossen werden, Musse sei dir auferlegt, damit die Körnchen Meiner Wahrheit wohlbereiten Boden finden.

Engstirnige vermag Ich nicht zu ritzen mit dem Alphabet der Hoffnung, das Ich zu den Meinen trage; Siebenschläfer lass Ich fröhlich ruhn in ihren Pfuhlen, bis sie selber sich erwecken mit dem Neugierstachel, der will wissen, was dahinter steht. Das Erforschen Meines wahren Zustands ist so schwierig, wie im Heu das Nädelchen zu finden; das beweisen ja die Heere Forschender, die nichts und wieder nichts in ihren Büschen finden, was dem Ganzen zugehört im Welt-Vereinen. Ich appeliere an die Grossmut der Geschlechter, sich nach Meiner Wohlfahrt umzusehn im Wohlfahrtsstaat, mit dem sie sich umgeben. Keine Würde ist so gross wie Meine und kein Würdiger ist je aus einem andern Milieu hervorgegangen, als dem Meinen in der unbedingten Seinskultur, die Ich der Anwart abverlange auf Mein Metier.

Genügsam wie die Tauben soll der sein, der sich von Meiner Körnchen Süsse nährt und soll ein jegliches aufs Innigste verdauen. Verschwender sind in Meiner Schule nicht zu finden, noch Verspotter dessen, was Ich lehre. Nur die Armen, Warmen, Geistergebenen ziehn ein in Meiner Räume grandioses Mass an Vielgewandtheit und Geschmeidigkeit im Ziselieren. Lächelnd weis Ich jedem sein Bedeuten zu im Deuten Meiner wesentlichen Züge und begabe ihn mit dem, was Ich Mir war und Bin im liebevollen Allverteilen.

1.15

Der Wissenschaft des Seins verschworen, trag Ich Stein um Stein den Berg hinan, ihn nimmer zu verlieren. Einen Tempel bau Ich überirdischen Gewahrens in der absoluten Stille Meiner Höhn, darin das Friedensfest zu feiern, Offenbar Bin Ich genauso wie Ich Mich erfühle und gewissenhaft die Freude pflege in den Hallen Meiner Seinsstruktur. Ahnung über Ahnung lass Ich in die Lüfte steigen von der Fähigkeit des Allverwandelns, die Mir eigen in der Eigenschaft des Höchsten, das Ich in Mir seh. Auch in dir das Höchste sollst du pflegen, weil es rundum dich befreit vom ahnungslosen Tuckern in den Wassern der Vergänglichkeit, allwie vom Knall auf Fall vollführten Veitstanz der Verführten. Sieh die Sonne in dir sich verstrahlen und verseh die Plagegeister deines Lebenskreises mit der Einsicht, dass sie besser von dir lassen, um in ihrer eignen Wesenswelt voranzuschreiten. Heilig sei dir alles und geschwisterlich, was dich von Mir umflutet und mit Duldsamkeit begabt und dem Erkennen, dass dich alles führt in Meine tiefverborgnen Gründe, wo die Lauterkeit dich aufhebt und erlöst von jeglicher Gewissensqual.

Alles, alles ist Gewissen und gebärdet sich wie echt im illusorischen Geplänkel, das es dir heraufbeschwört. Deine Meinung sollst du nur vertreten, wenn es auch die Meine ist in absoluter Übereinkunft der Gesichter, die wir vor uns sehn. Willkraft und Empfindsamkeit sind da vorhanden, wo sich Einheit bildet und Vereinigung mit Mir, dem Allgerechten und Gediegnen vor dem eignen Thron. Was sich vereint, will sich in Lieb und Güte auch umfangen, was sich seinsgewiss durchströmt, versetzt sich in den Jubel des Geborgenseins in einer Freiheit sondergleichen von jedwelchem Wahn. Nur Liebliche und Liebende sind dazu tief in ihrem Seelensein berufen und befähigt, alles mit den Augen des Unendlichen zu sehn in Feinheit, Weisheit, nie erschöpfter Jugendfrische und holdseligem Das-Sein-Bewahren.

1.16

Das Natürliche wird immerzu sein Recht behaupten vor dem Abglitt ins Gekünstelte, das die verführerischen Geister propagieren. Es setzt sich dem Papiergeordneten mit Vehemenz entgegen und gebärdet sich nach Ordnungen der eignen Weise, die zu seinen Diensten stehn. So nur wandeln sich die Dinge neuen Formen zu und bietet sich Gewähr für phantasiegespicktes Modulieren. Trachten sind zwar augberückend schön, doch müssen sie, gleich einem Lächeln, jedem Umstand angemessen, neu erfunden werden. Das Bewegliche allein macht ein Verhältnis schön und sammelt sich in Kräften, die weit über das Vereinzelte hinübergehn ins allgemeine Weltenweben.

Möchtest du die Prüfung auch bestehn, um dich als golden oder silbern zu erweisen. Urbar machen kannst du dein Verlanden nur, indem du alles ausschöpfst, was nicht deiner Würde zugehört und deinen besten Samen säst ins durstende Verlangen. Manch makabrer Fund wird damit ausgehoben und ersetzt durch Freundlichkeiten, die das Herz zum Schwellen bringen und im Blühn das Naschen duften an. Du mein Trost wirst du dann vor dich her besagen, wieviel schöner ist mein Sein, seitdem ich meine Schöpferkräfte spielen lasse und dem Schöpfertum in reichen Zügen meine Referenz erweise. Wunderbares gibt es dann zu sehn in deinem Garten und Ergötzliches aus Meiner Weise, Mich in alles zu ergiessen, was Mir vor das Auge läuft im allumfassenden Begüten. Jeder ist im tiefsten nur in Meiner Weise schön und bewegt sich immerzu in Meinen Zauberkreisen durch die Zeiten seines sehnsuchtvollen Suchens.

Mächtig schwillt, was Ich gebiete in den Seelen an und führt sie zur Entscheidung, ganz in Mich zu sinken, oder gänzlich Mich zu fliehn. Trage Sorge dem zu, was Ich meine und beginne ernst zu machen mit dem Fall in Meine Seinsmagie, die alles überbietet, was du je an lächelnder Genügsamkeit in deinem Seelensein empfunden.

1.17

Auf der Weide, auf der Heide sprossen Meine Blümelein und sind der Augen seidenweicher Trost im Weltertragen. Geb Ich dir, so geb Ich Mir, was immer sich die Frommen an Erholsamkeit vergeben an den Stätten des gigantschen Kräftemessens vor dem Tor zu Meinen himmlischen Gefilden. Schwalben schwirren hin und wider und bedeuten auch das Hin- und Widerfliegen zwischen Sphär- und Sphäre Meiner Allpräsenz im Lebensgluten. Das Bedingte ist dem Unbedingten nah in sonderbar intimem Seinsverschränken, das die Züge trägt des Eins- und Einigseins in jedem Molekül des Wohlgeratens, das Ich Mir erfunden habe. Jedes Herz ist eine Gabe Meiner Herzlichkeit und jeder Fallstrick ist gedreht von Mir, nur solltest du ihn nicht gebrauchen. Katzensammetpfötchenweich betripple Ich den Pfad der Neugier in den sanften Tieren, die Krallen jedoch sind den Mäuschen vorbehalten. So in dir. Bald jovial, bald packend tret Ich ins Erscheinen der durchtriebenen Geschäftigkeit im täglichen Gebrauch und Missbrauch, den Ich Mir erlaube. Nur die Güte lass Ich unbehelligt stehn in Meiner Übermacht, den Dingen gegenüber, die in Meinem Erdreich Wurzel schlagen. Dies bedenke, wenn du denkend dir ein Bild zusammenreimst von Meiner Art, ins Tätige zu greifen. Dass Ich zugleich auch unbeteiligt Bin, vergisst du offenbar. Du hast dir einst das Tätigsein genommen aus der Ursubstanz, die Ich Mir Bin und bleibe, ohne nur ein Yota an die Kunst des Pläneschmiedens zu vergeben. Du willst und willst noch immer mehr, derweil Mein Motto ist, in sel'ger Seligkeit zu ruhn im ewig Zeitenlosen. Der Glast des Aus-Mir-selbst-Erstrahlens lässt sich nicht beschreiben und beschreibt sich doch am blauen Himmelsbogen, Tag für Tag in dem, was unsre Augen blendet, wenn sie ihm ins Antlitz sehn.

1.18

Ein grandioses Mich-Verkleinern und Vergrössern giesst sich in die Virulenz, die ist von Mir ein Zeichen vielgestaltigen Mich-Vergebens. Bin Ich selbst im Minikrimsten noch ein wahres Abbild Meiner selbst, so Bin

Ich's noch wahrhaftiger im myriadenweit Gedehnten, das sich pausenlos in neue Weiten spekuliert. Unendlichem Bin Ich dahingegeben und Unendliches ist auch in dir von Sein zu Sein im Selbstgenügen. Was du wachend in den Gründen deines Dich-Begründens siehst, ist Schau vom Feinsten, die sich lässt erleben. Aus Allegorienteig bist du gebacken, der sich dir von Biss zu Biss erschliesst mit dem du dich zerknabberst, um allein in Meiner Fülle dann zu stehn. Im Gleichnis der Gewalten walten Meine Kräfte ungehemmt in dir, solang du nicht dir selber Hemmnis bist im Deine-Chancen-Überschlagen. Mehr ist mehr in Meinen Meeren, wenn du Meinem Anhang dich gesellst auf Brechen, Biegen und Besänftigen, je nach der Not und Tugend, die zu offenbaren sind im Mehrwertübertragen. Künftiges ist immer gut auf Meine Art, die Welt mit Güte zu umfahn und mit Genesen an sich selbst in Meinen gütevollen Sphären.

Mit Beschlag beleg Ich so den letzten noch der Knäuel, den sich die Banausen angehaspelt haben. Drohen ziemt sich nicht, noch wütendes Zerschlagen; nur schafsgeduldiges Entwirren der Gegebenheiten bringt Erfolg und folgt den Regeln Meiner Kunst, den Dingen schliesslich doch noch Charme und Wohllaut zu verlei'n.

Auf Mich gemünzt sind alle Batzen Gold wert, die du trägst in deinem Beutel der Vergänglichkeit. In Meine Hand gegeben, schlägst du ungesäumt ins Ewige ein und bietest dich zum Pfand für das, was Ich dir biete an Verwegenheit und Würde, an bescheidner Heiterkeit wie an beständigem Zerfliessen ins Bewusstsein der Allherrlichkeit in Meinen seinsbewussten Zonen.

1.19

Vollkommen rein Bin Ich im Schauen Meiner seinsgewissen Züge. Gab es je ein Makelhaftes allweit, haftet es Mir niemals an in Meinem Überzeugen. Grandios ist Mir die Perspektive immerwährender Gelassenheit im Wunderbaren, die Ich Mir bewahrt und im Bewusstsein eingeschrieben habe. So ist Meinem Sein ein ewiger Feiertag beschieden der Allherzlichkeit, die von Mir ausgeht und in alle Herzen einzieht, die sich restlos Mir vergeben.

Würde ist Mir ausserdem gegeben vom exaktesten Benennen alles Würdigen an sich, das keines Kaisers Exaltiertheit nur im mindesten zu überbieten fähig ist in seinen kühnsten Träumen. Nabelschau ist dabei nicht vonnöten an der Multiaugenfront, die Mein Mich-selbst-Erkennen immer auf dem Stand hält absoluter Transparenz im Bläulichen. Bewegt ist alles und doch wieder nichts in Mir im Konterfei der Zeiten, weil Ich nichts und alles in Mir trage. Ruhlos in Mein Ruhn geschlossen, weise Ich der Unrast Tür und Angel und befehle reinen Tisch nach jeder Krume, die ein Irgendjemand in Mein Tafelkabinett aus seinem Denken fallen liess. Im Nichtsein gross, im Seien noch viel grösser weitet sich Mein Allempfinden in rasanter Weise ins Unendliche vor Mir her. Unraum wird zu Raum in Meinem Rasen, Unbill wandelt sich zu Billigkeit im Mass des Aneinanderreihens Meiner Sympathie für das Harmonische in Meinen Zügen. Dehnbarkeit ist eine Wonne für die Lungen, wie für Mein begehrtes Raumgefühl, das sich im abergrossen Atem Meines Wesens weitet und geruhsam wieder ins Graninische zusammenzieht.

Sonderwünsche sind Mir nicht gestattet, weil Ich alle Wünsche irgendeines Seelenseins in Mir versammelt habe, um sie mit Erfüllung zu begaben aus dem angelweiten Tor. Dem Lichten wohlvertraut versend Ich Licht in alle Winkelzüge Meiner Seinspotenz und helle so beständig auf; was in die Finsternis geriet. Seinsgestützt ist jedes Du in Meinen Hallen und Gewissheit darf ihm sein, dass Mein Mir-selbst-Gefallen an der Miene hängt, die es bewegt und die Mein unverbrüchlich Teil ist im allweiten Seinsgewähren.

1.20

Nach der Stunde der Erlösung ist geheilt die Lebenswunde auch an dir. Unnütz ist es nicht gewesen, dich zu ritzen in der Sattheit deiner Positur im plüschbelegten Sessel von Direktors Gnaden. Immer sind die Wahne unvermählt mit Meinem Wehn, bis sie sich an sich selbst zerstossen haben. Nachtschicht nenn Ich Meinen Gang durch Finsternis und Zagen auch in dir und nenne Freudiges-den-Tag-Durchschreiten deine Fähigkeit, mit

Mir durch's Seinselysium zu wallen. Mitnichten ist Mein Hochsinn übertrieben, der den Dingen Verve und Elan verleiht, das Wunder abzusehn des allgemeinen Sich-Versöhnens der geplagten Geister mit der Seinsstruktur, die ihnen vorgegeben.

Netzwerk des Begeisterns für das Seinsvollendete Bin Ich Mir immer schon gewesen im gediegnen Impulsieren neuer Artigkeiten in das Menschenweltgehäuse. Guthand nenn Ich Mich in jedem Fall des Greifens in die Räder eines kunterbunten Weltgeschehns, um es von innen zu befrieden. Namentlich die Pfeiler Meiner Räumlichkeiten sind die Seinsgerechten, die in ihrem Auferstehn den vielen Freiheit schaffen für das eigne Raumluft-Produzieren. Merklich tragend in die Höh ist jedes Wort, als Vogel des Gedankens, wenn es freien, feinen Schwingens sich aus Meiner Billigung erhebt. Gestaltend und beglückend sei dein Sagen als ein Herold Meiner intensiven Weise, das Gestalten in Perfekto zu verstehn. Nummer eins in deinem Walten sei das Walten aus der Herzensglut, die von Mir angefacht in Flammen nach dem Guten strebt, das Ich Mir zielend vorgenommen.

In filigranen Kreisen zieh dich Meinem Kreis entgegen und begehre weder Sklaven noch Begünstigte zu züchten in der Allgerechtigkeit, in der Mein Sein sich in die Welten prägt und allem gleiche Güte ist und gleiches Wohlbegreifen. Teile, wache, wirke, sei in Meinem Sinn Idol der unteilbaren Wirklichkeit, die Ich begründe und begrüne im beseelten Niedersteigen.

1.21

Nach deinem Wort geschieht mir, fleht die hingegebne Seele Meine Hoheit an und hat damit begriffen, dass die Weltendinge wie gebannt an Meinem Urteil hangen. Nur Verblendung meint, das Ganze in dem Teil erwischt zu haben und benimmt sich demzufolge wie ein Könner auf dem schmierigen Parkettgrund des Behauptens. Demzufolge schmiert er hin und muss sich schmählich auf den Satz besinnen: Hochgestochnem Mut muss Fallen folgen in der Seinsphilosophie. Selbstwert bleibt nur dem erhalten, der sich mitten in dem Meinen sieht, von Glorie umwunden. Richtig tippt, wer seine Finger Meinen

Tasten überlegt und behutsam anstösst, was Ich für ihn soll besorgen. Meisterstück der Hoffnung heisst das Buchstabieren einer Formel, die vermag Mein Füllhorn zu eröffnen, vollem Fliessen den gesetzten Wünschen zu. Klartext schreiben hält die Sinne wach im Meistern der Gegebenheiten und bewirkt Erkennen der Gesetze, die dahinter stehn. Sei schlau und träf in deinem Dich-Befördern durch das Wirkfeld der Unendlichkeiten, wenn sich's darum handelt das Verführerische auszutricksen voll zugunsten Meiner Bahn. Lebhaft stell dir vor, wie manche Schlappe du erlitten im Alleingang durch den Lebensdschungel und wie oft dir Meine Hilfe schon zustatten kam. Dann entscheid dich für den Gang in Meine Einsamkeit im Streiten für Gerechtigkeit und Wonne in den Sphären. Lass nicht locker, bis dich die Dynamik des Gewöhnens dem Vollenden zugeführt des Seinsgewahrens in den Himmeln Meines Gegenwärtigseins in dir.

Keine Macht der Welt kann dich vom Herdplatz treiben, den du dir in Meiner Seinsgeschichtlichkeit errungen; wie gebändigt bleibst du vor den Gluten Meines Allseins stehn und ertränkst dein Eigensein in Meinem.

Was ist Wonne, wenn nicht das Erzielen der Gottinnigkeit im seinsgeschwisterlichen Üben; was gewahrt mehr an Befrieden und Beglücken, als die Rast im übersinnlichen Behüten, tonlos, arm und leer.

1.22

Zwischen Mir und dir der Pendelschlag des Absoluten. Das ist glaubhaft, denk Ich Mir, wenn alles sich in Bahnen des Beschwingtseins, wie des Ordentlichen hin und her und auf und ab bewegt im laufenden Verfahren. "Aufwärts geht man nur in winzigen Zügen gewinnend Überschuss an Höh, verglichen mit dem Wellental". Zweifler, lass dir doch von diesem Schauspiel imponieren. Weil an Welle durch die Jahre wird den Hochschwung bringen in die Lüfte Meiner Höh. Dann ist Fliegen dein Beginnen und das Schwimmen hinter dir. Und so oft du deine Flügel breitest über die Gefilde Meiner Zier, beruht dein Schwärmen auf dem Schwärmen Meines seinsbegeisterten Genügens an Mir

selbst in deiner neuen Art, das Dasein zu geniessen.
 Viele merken es zu spät, wie früh sie mit dem Training ihres Seinsbewusstseins tatenfroh beginnen sollten. Jahre zählen da nicht viel. Nur Beständigkeit auf Bieg- und Brechen zahlt sich aus auf Heller, Pfennig und Dukaten. Lahme Liebe ist nicht schön; erspriesslich ist das Feuer der Besonnenheit, ein gutes Werk auf Anhieb zu vollbringen. Doch Begeisterung auf Jahr und Tag will von der Willkraft unterhalten sein, das Höchste zu erringen. Was du spüren magst ist, dass du wachsend dir das Liedlein singst des Grünens an dir selbst und mählich inne wirst, wie sich die Blüten öffnen deines Seinsverstehns. Das wird ein Lächeln sein und ein Die-Freude-Intonieren über aller Drangsal im bewegten Leben. Kleine Ursach, grosse Wirkung soll das heissen, wenn die Fahnen Meiner Götterpracht zu deinen Häupten wehn und deine Stätte mit dem Siegel der Erwählten schmücken.
Mich zu finden gingst du aus aus deinem An-dich-selbst-Gebundensein und fandest Mich in dir. Deine Seele zu erlösen lag an Meiner Güte, als du kamst, Mein Werk in deins zu intergrieren und Gespiel des Götterwillens dir zu sein in Meinem Unterfangen. Noblesse ist von deiner Tugend zu erwarten und Beseligung von Meiner Weise, deine Innenwelt zu stimulieren.

1.23

Gewaltiges gewaltig auch zu sagen, zieh Ich Mir die Worte durch den Sinn der tausend Variationen. Hochgemut mit wachem Blut befehl Ich Mir die Weise Meines vielverschlungnen Wörterbuchs im Wortbeschaffen. Es ist ein Raffen und ein Dehnen dessen, was Ich von Mir weiss und was Ich will wie Sterngeläut im Menschenall verbreiten. Dort wird sich weisen, wer den Grund der Gründe mag erfinden, der in ihm steckt und den Ich ihm entdecken will mit mannigfachen Schlichen, hochgestochen und banal. Triumph ist ihm auf jeden Fall beschieden, wenn er sich gründlich in Mein Wortbrevier vertieft; er wird sich damit auch aufs gründlichste in Mich vertiefen.
 Gewandten will Ich füglich als gewandt erscheinen,

Bedächtigen mit Wohlbedacht als ruhig zieh'nder Strom, an dem sich trefflich lässt verweilen. Viel mag wie Minnesang an Meine eignen Ohren dir ertönen und ist es auch und will nichts, als in dir Mein eigen Bild vertun. Was macht es aus, wenn es zuhauf als Same geht verloren, so ist es dir und wär es ganz allein erkoren. 0 traue Mir, wenn Ich vom Hier zum Dort dich will beglücken und Meine Hand will ohne Tand getreu in deine rücken. Nur steh Mir bei im Einerlei der lebensbunten Tage und sei so gut und brenn ins Blut, was Ich dir hier besage. Dem Merken geht der Mumm voraus, die Weisheit zu vermehren und endlich auch in deinem Haus Mein Bildnis zu verehren. Genau so gut wie deine Wut kann Ich dein Frommsein klären, weil Ich dich kenn mit jedem Wenn und Aber deiner tausend Schwären. Nun komm zu Mir, trag in dir immerzu, was Ich so meine und lass dich nie mehr vor dir her verleiten ins Gemeine. Von wo Ich dich geflissentlich aufs innigste beschwöre, strömt grosses Heil zu Meinem Teil, dem Ich im Ganzen zugehöre. Vermitteln will Ich zu dem Ziel, das Leben zu vereinen, das aus Mir schiesst und sich geniesst in Lächeln wie im Weinen. Was Mir sich weist und göttlich heisst, soll sich auch dir erweisen, als Monument, das sich erkennt in Meiner Sonne Kreisen.

1.24
Was Ich im Hier, nicht weit von dir
mit einem Lächeln rapportier
ist Lobgesang im Lebensgang
zu Meiner würdevollen Zier

Es weist sich nun im Publikum
ob einer Mich verstanden
und bolzgerad und wendig krumm
denselben Weg gegangen

Was Mich betrifft, zu hoher Trift
liess Ich Mich gütlich treiben
und mochte so das Lobgedicht
aufs Trefflichste erleiden

Nun stell Ich vor, was Mich beschwor
im nachtverhangnen Dunkel
und bringe Licht ins Weltgesicht
aus köstlichem Gemunkel

Hoch über Mir im Geistrevier
Bin Ich Mir selber Zeuge
von dem, was lind und blitzgeschwind
mich trifft in Herzens Beuge

Gerecht will Ich, geschwisterlich
die Weisheit dem verteilen
der seinen Sinn mit Hochgewinn
von Meinem lässt verheilen

Verweile du in Meiner Ruh
nun in den besten Armen
die sich der ganzen Welt dazu
aufs innigste erbarmen

2

Allegorie der Hoffnung

2.1

Versetze dich in Meine Lage und sei froh, wenn Ich in deine Mich versetze über allem Trübsinn der Gezeiten. Der Wankelmut hat Mir noch nie den Strom der Gläubigkeit wie frische Milch vergeben. Du hingegen sollst Mir trauen bis aufs Blut und aller Weisheit Wege schauen, die Ich dir verbreite, licht und eben. Hüpfen soll dein Herz in Freude ob der Einsicht, dass noch jedes Malträtieren mit Erhabenheit einherging in der Prozedur des Menschenwerdens. Jede Schwelle führt in neue Räume und hat Mehrung deiner Tapferkeit zum Ziel. Jede Ich-Sucht lässt sich bannen durch die wundervolle Absicht, Wunder zu erleben Meiner Lösung der Gefahr. Nichts ersehnen, nur befreien sollst du dich von Wünschen, Ängsten und verhängnisvollem Herzweh durch die Tat des Liebens aller Gegensätze als von Mir gegeben, um die Liebenden zum Licht zu führen. Das Getrennte will Ich sammeln, das Verführte lenken in die rechte Bahn und jede Wirrsal Meinem Ratschluss unterziehn. Sicherheit ist überall vorhanden wo Ich richte die Gegebenheiten deiner Lebenskür. Froh in Banden, unbeschwert in Meinen Landen darfst du deiner Wege gehn in wahrer Selbstgefälligkeit vor Mir. Straucheln gibt es nicht, wo Meine Seile dich beschützen; Narrheit wird zu Nützlichkeit in Meiner Weise, alle Dinge noch ins Gute tunzudrehn.

Nun sag an, was willst du bessres denn erfahren, als *Mein* Wort der Zuversicht im Streiten, das Versichern Meiner Huld ob deinem Heulen und die leise Mahnung, auf das Laute nicht zu sehn.

Nur was innen sich ereignet an Erkennen und Bekennen ist auch wahr und wirkt im Weltensein die Wunder des Bekehrens. Glanz der Hoffnung, Gläubigkeit und Liebe sollen dir zu Häupten stehn in Meinem paradiesischen Umrunden.

2.2

Im Wunderbaren wirst du wie die Wachtel deines Freisinns Liedchen intonieren, wirst, ins Licht gesetzt, die Güte präsentieren, die dich ohne Wende, ohne Ende mild durchflutet und Mein Zeichen ist in dir. Du gereichst dir selbst und aller Welt zum Heile in der liebevollen Zartheit, die von deinem Wesen ausgeht und sich dehnt bis zu den wandelnden Planeten. Übermächtig und beglückend ist das Raumgefühl., in dem du Mitte bist und zugleich alldurchströmende Potenz in heimatlichen Sphären. Wie so innig klingt dir alles, was geschieht und was du selber bist als Avantgarde Meines Flutens; wie gelöst, erlöst sind die Bewusstseinszüge deiner Sinnkraft, Meinem Sinnen wunderbar zu Diensten.

Was Ich nun in dir erhebe, ist ein herzergreifendes Lobsingen von der Art des Nachtigallenschlags, wie der des mütterlichen Summens einem Kindchen ins Gehör. Zutiefst bist du von dem berührt, was dir im Lauschen aus dem Innesein entgegentritt und dir bezaubernd Meiner Schönheit Wesen anempfiehlt zu sehn. Behutsamkeit und Tugenstärke weisen dich Mir zu und unterweisen, was du bist in feinen, reinen Lektionen. Achtsam wendest du dein Antlitz Meinem sehnsuchtsvoll entgegen und gewahrst die Fülle Meines Dich-Begabens mit Holdseligkeiten im Wahrhaftigen.

An Mir gereift, gereicht dir jede Geste Meines Mich-Bewegens zur Genügsamkeit im Trauen und begünstigt deines Seiens Wohnlichkeit in Mir. Geschärft, bestätigt und von Engelsang umsungen, weitet sich dein Wonnesein ins Unermessliche durchsonnter Sphären in der Einigkeit mit Meiner allbegabenden Mixtur. Zu schön, zu wahr um eine Täuschung noch zu sein, bewegt sich alles um dich her kaleidoskopisch eingewoben. Ich bring Mir selber Glück in deinen Ambitionen nach Gerechtigkeit und Frieden; Ich labe Mich an deinem Dich-Erlaben und begüte Meine Welt in deiner, so wie du deine in der Meinen Meiner Güte anempfiehlst.

2.3

Schwarzweiss zu malen hebt die Dinge allzu krass hervor und veranlasst uns, sie nicht zu akzeptieren. Massvoll und präzis jedoch in feiner Nuancierung sind sie uns Garant des Wahren, das wir immer suchen um uns her. Dein Messen setz an Meine Elle sag Ich, wenn du Lauterkeit willst ernten. Denn Mein Mass allein entspricht dem Wirklichen, das Ich in allem Bin und das die Dinge tränkt mit Wohlbehagen. Was du so erfährst ist Seinserfahren; was dich bis ins Tiefste munter hält, sind Meine Ambitionen, alles gut zu machen in den Sparten der Lebendigkeit, die Mein Erscheinen Demonstrieren. Glücklos sind die Gaukler um ihr eigen Wohl; wunschlos alle Barden der Allherrlichkeit, die, Meiner Künste froh, die höchste Kunst vollbringen. Was ist besser, sag dir's an und benehm dich zeitig nach des Ewigen Gezeiten. Flut und Ebbe der Gegebenheiten sind von Mir und sind Verschwemmer aller schlechten Taten. Edle schwimmen unbeschwert in Meinem Kahn des köstlichen Behütens und beglaubigen Mein Wort vom Mehren der Gerechtigkeit allüberall, wo Sanftmut herrscht und Sinn für gute Sitten in der Lebensprozedur.

Macher sind gewiss nicht von der Hand zu weisen, doch wo sie mit Macheten ihren Weg beschneiden, werden sie zu Hackern, die mehr Ungemach denn Nutzen bringen in das Weltgewühl. Wirklich machen kannst du nur in Mir, denn was *Ich* dir an Bewegtheit hinterlege ist ein Traum von Herzlichkeit, Verstand und Güte, der sich in die Zeiten giesst wie warmer Sommerregen. Mehre die Geduld, Mein Werk in dir zu akzeptieren und dem Reifen Meiner Dinge jenen Vorzug zu gewähren, der ihm auch gebührt im Welterblühn. Bin Ich doch in ihm die genuine unversehrte Blüte wahrer Schönheit, die in Meinem Garten Winterfröste übersteht und gloriosen Strahlens Meine Herrlichkeit verkündet allen reinen Seelen ihrem Sehnen zu.

2.4

Sowie Ich Mich ins göttliche "Ich Bin" versenke
Bin Ich hoch erhaben über jedes bangende Gefühl
und darf Mein Sinnen zu dem Sinnkreis lenken
der Ich Mir Bin, entzogen dem banalen Weltgewühl.

Nun Ich die wahren Kräfte in Mir spüre
die treibend allem Treiben ihren Wert verleihn
beweise Ich Mir selbst mit göttlicher Allüre
Mein Wesens immergrünes Seligsein

Wohlan, so fein der Seinsgeschaffnen Garn gesponnen
Ich spinne feinres noch hinzu
und Bin Mir selbst im Ewigen zutiefst gesonnen
in unfehlbar gewissenhafter Ruh

Das eine muss dem andern ständig sich entziehn
derweil Ich Mich versammle in der einzigen Gebärde
die Ich gewaltig im Unendlichen Mir Bin
und die Ich nicht im Mindesten gefährde

Gewinnen ist Mein treffend Los
aus alter Vätergunst Geheimen
und Spenden aus des Seiens Schoss
Mein Wirkens unveräusserliches Keimen

So quillt aus Macht die Gute ins Gedeihen
und behauptet sich im Reinen offenbar
ob allem schicksalhaften Sich-Entzweien
in das der Weltengrund gefallen war

Sie hebt und webt das All in ihr Beginnen
voll Grazie mit unnachahmlichem Gespür
und führt die Geister liebeleicht von hinnen
ins götterlichte Sein dafür

2.5

Bewusstsein ist das allergrösste Liebenswürdige im Reinen. Es trägt die Züge Meines Mich-Verratens ans Unendliche und gesteht sich die Gesetze ein, die Mir zu eigen sind im Wunderbaren. Brachland weicht es auf und lässt die Blütenpracht der Seinslust aus ihm spriessen; Böcke macht es zahm aus Einsicht ins Wahrhaftige, das sie sich sind in Meiner Unbefangenheit im Weisen. Gross sind die, die seinsbewusst einhergehn in die Zeiten schierer Mangellosigkeit und die sich brüsten dürfen, ihren Siegeslauf vollbracht zu haben. Weihung ist ihr Teil an Meine Einfalt in der Gegensätzlichkeit, ans Feste in den Wirbelstürmen und ans Liebliche im wilden Dräuen des Pompösen.

Meine Flügel sind gefaltet, darfst du sagen, zum Gebet des fortgesetzten Seinsbewunderns in der Zucht der Sinne und Gedanken, in der Labsal der Verkündigung aus Meinem Born, wie im Bestätigen der Ordnung, die die Ruhe bringt ins Weltentosen.

Alles, alles ist von Mir und hütet sich, wie Fromme sich behüten, auch in deiner Art, den Dingen Meinen Lauf anheimzugeben. Bar von Lüsten fächelst du die Lust dir an am Seinsbehagen, das im Sein durch alle Glieder fährt des Wesens, das Du Bist, in deinen leuchtenden Gespinnsten. Graziös sind sie im Tauschen der Gefühle mit den Meinen, genial in Übereinkunft mit dem Seinsgedankenstrom, den Ich aus Meinem Sinnen Mir vergebe.

Rudern heisst, den Takt des Fortschritts froh ins Wasser schlagen, heisst, die Weisheit anerkennen, dass nur Willensdauer hilft, die Krone zu erlangen der Bewusstheit in der Lebenskür. Niemand steht vor Mir, der nicht für Zeit und Ewigkeit Mein Lied gesungen; keines Reiches mächtig ist, wer sich nicht Meines Reichtums würdig machte in der unerforschlichen Gefolgschaft, die Ich denen abverlange, die Mir voll zu Diensten stehn. Wichtig ist der Wille zum Versprühn der Sehnsucht nach der Meinen, eine Welt im Weltenlot zu wissen.

2.6

Tochter Zion, die Du *Bist* im Liebenswürdigen: Im Dich-Verwandeln wirst du licht und schön. Wie reimt sich das auf deine philosophischen Gedanken, was sich niemals reimen kann, in Mir? Das Sinnenlose mag auch sinnlos scheinen und erfüllt sich doch geheimnisvoller Weise mit unendlichem Bedeuten. Sprache wird zur reinen Melodie des Andersartigen, die dich zutiefst beglückt im Herzerfahren, das Ich freilich Bin in dir. Fasse nur den Mut, das Wunderbare wie gedankenlos mit milden Lippen vor dich her zu sagen und du wirst von jedem Wort getröstet und bestärkt in deinem Weltgefühl. Das Ungesagte redet dir in linden Lettern Seinsgewissheit zu, die Mich beseelt und soll auch dich beseelen.

Es ist ein Nimbus von Verwegenheit und Güte tief in jedem Menschenherz verborgen, der da Höheres will verkünden und die Bahnen der Behutsamkeit eröffnen hin zu Mir. Denn das "Ich Bin" muss jeder einmal finden, sei's in weiten Sprüngen, sei's in winzig kleinen Schrittchen in der zimperlichen Art der Weltenhoniglecker, die in jedem Fall auf ihrem kleinen Recht bestehn. Doch ist's gesagt: Ein jede Münze hat Gesicht *und* Zahl und will, dass man sie dauernd kehre im Kehraus der Zeiten, denn das Ganze ist nur in der Kunst des Aneinanderreihens aller Teile gänzlich zu betrachten. Meide demnach, dich auf irgendetwas zu versteifen; Fluss im Fluss Bin Ich und Chamäleon der guten Taten, die dich führen ins Exil von dir. Meine Sache ist in sich geborgen, wie der Wind in seinem Tun und wie die Hecke, der man keinen Scheerenschnitt verpasst im himmelstürmenden Gehaben. Niste dich in Meiner Zweige luftiges Revier und sei um nichts besorgt als um die Minne, die Mich meint im ewigen Besorgen. Glatt im Glatten, rauh im Rauhen Bin Ich allem Wohlverstand und Angemessenheit, was sich in Meine Weiten schmiegt, Geborgensein im Zeitenlosen zu erfahren.

2.7

Bedenken lösen sich allein in Mir. Ich füge und verfüge und erkläre und gewähre, was da laufen soll im Lauf der kuriosen Zeiten. Deine Hilfe tut Mir manchmal weh, weil sie so dürftig und naiv zutage tritt in deinen Seufzern nach Gerechtigkeit und Frieden.

In Mir vollzieht sich deine Wende zum Erhabenen in jeder Not, weil Ich Mich niemals noch irgendwem gewendet habe. Mein Sein ist unverbraucht und unbescholten wie am ersten Tag und reicht sich selbst die Hand zum Bund in jeder Situation im Weltgebaren. Nachsehn gibt es nicht in Meiner Akribie vorauszuschauen, wenn's auch tausend Jahre wären in der Gross-Schau, die Ich vor Mir ausgebreitet seh. Mangel an Befugnis hat schon manchen arg bedrängt in seinem Drängen, Mich noch nie, weil all Mein Fügen Meine eigne Gnade findet im Bewusstsein wahrer Wahrheit, höchster Kompetenz und unerschütterlichen Seinsgefühls. So kann Ich alles gut und weise nennen, was sich Mir entringt und weder Murren noch Bedauern sind vonnöten in der Werkbesichtigung zu Meinem köstlichsten Plaisir.

Getarntes spür Ich leichthin auf mit Meinem Sperberaugenblinken; Gerütteltes empfehl Ich Meiner Sanftmut und beschnüffle noch das kleinste neugeborne Wesen, um es in die Obhut des Unendlichen zu hieven. So ist Mir alles klar und klärt sich allsogleich, wie Ich die Hand im Spiele Meiner Treuen habe. Wechselgeld und Fersengelder sind Mir fremd; Ich zahle heim und suche heim mit voller Münze und gewandtem Feilschen um den rechten Preis im Lebenslaborieren. Tücken kommen Mir gerade recht im knotenlösenden Geschick, das Meine Stärke ist im Seinserfahren.

Windige verweis Ich auf den Weg der Stille mit so viel geschützten Stationen, dass die Ruhe wiederkehrt und Sicherheit in ihrem lauernden Gefühl. Ich Bin ihr Masstum und Beschneiden, Bin ihr Vor- und Nachbild im Betreiben Meiner Kunst Vollendetes zu formen. Geringstes kann Ich ebenso verwerfen, wie Bedeutungsvolles in des Deutens klugem Unterfangen. Lächeln ist Mein Seinstribut an jedes waltende Geschäft, dem Ich den Lauf gelassen in harmonischem Beglücken und beseeltem In-Mir-Weilen.

2.8

In stiller Heiterkeit am Quellrand sitzend das Natürliche beschauen, das da silberhell vorüberfliesst. Für Zeichen und für Zeiten der Impulse achten, die aus Mir hervorgehn und sich nach Urewigkeiten wieder ins Unendliche verlieren. Dem Wandelbaren Meinen Zug verleihen zum Erhabenen in rechter Weise und in wonnevollem Selbstverstehn. Licht über Licht belebt die Räume Meines Mich-Gewahrens, Lächeln über Lächeln zieht durch Mein Gemüt in Kreisen der Holdseligkeit dahin, wo Ich Mich wiederfinde in glückseligem Staunen.

Makellos geblieben deute Ich Mir alles nach dem Mass des Schreitens zum vollkommenen Genügen in der Einheit Meiner Sphären dort und hier. Gerades rundet sich zum Kreis und wird zur reinen Kugel im allweiten Raumbegreifen. Ton wird Klang und Melodie im Göttersummen und beglückt das Lauschen, das Ich Bin in sanft gedehnten Bogenzügen. Feierlich ist alles, hoch und her in Meinem unbescholtnen Drängen nach unendlichem Befrieden, dem Ich alle Tore öffne in der Stadt Elysien, die Ich in schauender Behutsamkeit begründet habe.

Wie lieblich sind die Lieblichen, die hier auf goldnem Grund des Wanderns Lust geniessen; wie zärtlich ihr Begegnen in der Zärtlichkeit des Augenblickens im Vorbeiflanieren. In Liebestrautheit seliglich verbunden sind sie alle und empfinden das Empfinden aller als ihr eigenes in unermesslich reinem Sich-Durchströmen. Helle ist das Zeugnis Meiner Gegenwart in ihrem glückerfüllten Gegenwärtigsein und Mass für Mass Mein Innesein in ihrem majestätischen Gehaben. Ganz Götter sind sie Mir geworden, in Bewusstheit und Bewundern, in Bedeutsamkeit und Ruh und im vereinten, unergründlich weit gedehnten Seinsgefühl.

2.9

Gestärkt im Weiten trau Ich Mich, im Weltlichen den Tag zu feiern als ein Fest des Fortschritts und des feingefühlten Spielenlassens Meiner Kräfte in der immerseligen Natur. Verwandt mit dem Gebannten mach Ich glaubhaft, dass Ich es in muttersanfter Weise stets betreu zu seinen Gunsten, die die Meinen sind, versteht sich, offenbar im Seinsgebräu, das Ich vertrete. Noblesse zeug Ich, wo Ich steh und falle; Finsternisse sind zu lichten, deinem Wandelmut gemäss vom Aufgang bis zum glänzenden Entgleiten. Das Leben ist ein grosses Vorbereiten für das Ewig-Gültige in deinem Dich-Erleben; es weist dir Wege zu, die immer ins Vollenden führen, ins Gediegene und Makellose, das sich Meiner Würde würdig dann erweist im Andersartigen.

Zerrinnen soll dein Herzensblut in alle Winde Meiner Seinspräsenz im Guten: Mich zu suchen, wie die Flüsse und die Ströme ihre Meere suchen, unfehlbar und vielgewunden, seinsbarbarisch und gezähmt, in Höhn und Niederungen, wie im silberglänzenden Gelichter ihres breit gefassten, träg gewordnen Heimwärtsgehns. Zu Mir, zu Mir soll deines Sinnens klar gewordne Klare sich verbreiten; in Meine Schlünde greifen soll dein Weh, dein Heimweh nach Gerechtigkeit und Frieden, nach der Kunst des Weilens in Genügsamkeit und Seelenaugenfrische. Gespannt Bin Ich darauf dich, tief ins Weistum Meiner Zunft versunken, an der Stätte der Beschaulichkeit zu finden, als Gestillter und Gestillte, formschön und umfächelt von den Schwingen Meiner liebelichten Schar. Bezaubert vom Entsagen, gleichst du Mir aufs Haar und wendest dein Verwenden Meiner hochgebenedeiten Weise zu, den Dingen Glorie und Glanz und Macht und Milde zu verleihen. Tauch in Meiner Schöne Wohllaut lebend ein und *sei*, vom Balsam Meiner Gegenwart umwunden.

2.10

Wendehälse tragen dazu bei, die Szene zu beleben, doch sie machen einen Scherz aus Mir. Hab Ich nicht Lotens Weib zum Beispiel des Erstarrens an der Welt erhoben, als sie sich von Mir ans Schlechtere verwandte offenbar. So sei denn, was du dir gestattest, unbeirrt aufs Ziel gerichtet, das in Meinen Sternen vor dir steht. Ich buhle nicht mit Buhlern um Gefälligkeit in allen Gassen; Meine Griffe sind nicht die von Dieben an sich selbst im losen Umgang mit den seinsbedingten Gaben. Schau zum Rechten, ohne um das Linke dich zu kümmern, denn das Schmutzige befleckt das Kummerlose, wie Gefahr beleckt den Arroganten. Sei dir deines Lohns gewiss, wenn du die Fülle deiner Wege wandeltst als Erfüller Meiner Quoten. Taumle, wenn es sein muss, doch dem Sieg entgegen in der Meisterschaft der Läufer, die Mir treu sind, ohne Zorn und Zagen. Stimmig muss die Stimmung bleiben bis zum letzten Ton in Meinem Seinsgesang zum eigenen Genügen. Zweifuss mach zum Dreifuss, raschen Zugs, damit dir das Labile nicht Verhängnis wird im Stürmen der Gegebenheiten. Ja, der Standpunkt macht auch klar, was fliessen soll im seinslebendigen Gepräge und soll von dir vertreten sein voll Verve und Schmiegsamkeit im Weidenbund der Meinen. Achte Mich und Ich will nimmer dich verachten in den schweren Turbulenzen, die du tänzelnd musst bestehn. Bald wird, was du dann schauen darfst zum Säuseln der Holdseligkeit im Seelenfrieden deines In-Mir-Bleibens. Köstliches wirst du vom Rand des kreisenden Pokals ernippen in der Stunde des Versöhnens mit dem Weltgewissen, das Ich Bin in deinem mittellosen Murmeln nach Erlösung von der ausgebrochnen Qual. Zugemutet wird dir vieles, doch mitnichten das Zuviel in deiner lockern Weise, mit dem Leben umzugehn. Spannung schärft die Sinne und belebt den Sinn in Meinen Wundern der Verheissung einer wunderbaren Wirksamkeit der Geistesgluten.

2.11

Gefühle und Gedanken wogen hin und wider vom Unendlichen zum Hier und mehren sich und wehren sich in unserem Bewusstsein, bis sie Form gewinnen für die Tat. Sie tragen sich galant ins Buch des Lebens, wenn wir meinen, ganz aus unsrer eignen Brünstigkeit zu handeln, sie sind uns Anstoss und Gewinnen, derweil wir lauschend ihren Sinn verstehn. Was die Sorge um das Eigene verdirbt, entwinden sie dem Fall ins Bodenlose und erheben, was wir sind ins Reich der Götterherrlichkeit, in dem wir immer sinnend leben. Holde Zukunft bringen sie ins streunende Gewissen und gebärden sich wie Nah-Verwandte, die uns besser kennen und erkennen, als wir selbst uns je im Innesein erschauen mögen.

Trau, schau wem und traue dich, dem leis geführten Zwiegespräch des Wesens mit den Himmlischen dich vollends hinzugeben, wie zur Liebe, wie zum Traum in deinen Lebensgründen. Kostbar und gediegen und einwenig auch verstiegen wird die Ernte sein, die sich in deine Kammern drängt und sie, im Überfluss, umflutet. Schau auf ihre Güte und gewinne Achtung vor dem so subtilen Seinsverkehr, in den du hoffend, liebend, lauschend eingestiegen. Ein Meister wirst du alleweil im steten Üben der Gesetzlichkeit im Werden, und Gewinnen sei dir hier Idol vollkommenen Erspriessens.

Trag nicht mehr und weniger als alles, was du bist der Gottheit an in deinen Gründen und gewähre ihr, sich selbst das allerbeste was sich denken lässt zu sein, in Wonne und Behagen. Freisein nenn Ich das und Freien von Glückseligkeit und Frieden in den Gärten unsres Daseins, die wir mählich wieder zu bewohnen recht verstehn. Labsal trinken, höhwärts sinken sei die Zierde deines lauteren Gewissens und gewähre dir, was Ich schon immer liebvoll wollte dir gewähren.

2.12

Im Musikalischen Bin Ich dem Schönen ganz besonders zugetan. Es schweben, seufzen, ringen, klingen, singen Töne sich in aller sehnsuchtsvollen Herzen lauschendes Gemach und weiten es zur stillen Andacht in den Göttersphären. Redlichen gebiert sie Hoffnung ganz besondrer Art auf eine Weihe ihres Menschseins ans Unendliche, die nimmermehr ein Ende findet im Glückseligsein; Taumelnden verleiht sie Halt in ihrem Streben nach Besonnenheit und Güte; Gläubigen lässt sie den Morgenstern erscheinen.

Kein Wesen liegt mehr brach, das einmal ihren süssen Klang vernommen; dem Sterblichen winkt Auferstehn ins Festliche der Zeit und in den Rhythmus der Gediegenheit, den alle so bewundern. Nun klinge auch in dir, was Ich an Klängen liebevoll vor deine Augen führ und durch das Türchen deiner Ohren lass in deine Seele fliessen. Schliess die Augen, kleb die Öhrchen zu, und du wirst inniger noch vernehmen, was Ich deinem Wesen an holdseliger Zartheit will vergeben. Lausche dich in Mich hinein und lass das Klingen im Vermählen aus dir selber fliessen, wie ein silberheller Quell aus Ewigem erfliesst in lauterem Ermahnen.

Trost im grossen, himmlischen Umfangen wirst du finden, wenn das Schwingende dich leis berührt im Melodienreigen, den die musizierenden Gemüter stets um sich verbreiten, wie die Bäume ihre Blüten, wenn der Wind sie pflückt zum wonniglichen Spiel. Weide dich am Amselsingen in der Früh, das dein Bewusstsein weckt von Meiner unermessnen Sanftmut im Natürlichen.

2.13

Biographisch Bin Ich auch, doch ohne Kinkerlitzchen und Kamelien im Wesensbilderbuch, das Ich vor Mir von Seit- zu Seitenschlag mit Achtsamkeit belege. Was Ich im Mich-Beschauen konstatier ist Fülle einer Leere, die Mir als ein Himmelbläuliches erscheint, von Helle wunderlich durchzogen. Darin wese Ich als Wesen ewiger Glückseligkeit und woge, walle, wirke in Mir selbst gedankenträchtig und gefühlvoll was Ich immer meine. Was kann schöner sein, als Bild um Bild in seine Wirklichkeit entlassen und - verlieren, wie ein luftig Wölkchen wieder sich ins All verliert. Niemals fass Ich Mich so wirklich an. Mein Gang ins Wirkliche ist zugleich schon der Untergang jedwelchen Unterscheidens. Meine Masse ist das Homogene überall allüber, dicht und undicht zugleich in den Fahnen des Empfindens, die sich durch die Riesenräume wehn. Glorie ist Mir ins Herz geschrieben, schlaglos und von soviel Takt beseelt, dass sich ein Knigge schämen müsste noch im Grab, derweil Ich vornehm, edel und aufs äusserste bescheiden Meinen Dienst am Nichts verseh, das Ich Mir tatenfroh serviere. Unfasslich fass Ich jede deiner Gesten ins Bewusstsein Meines alldurchdringenen Mich-selbst-Erlebens auch in dir. Was du dir formst ist Meines Formens bittre Pille, bis das Kunstwerk formvollendet vor dir steht. Willst du's dann wach und wahrhaft dir erhalten, muss es unter deiner Hand zerbrechen in ein Staubgeriesel, im Äonenduften vor sich hin. Wer und was ist ausser Mir dann noch vorhanden im beglückten Raumklang, den Ich Mir auf ewig Bin in hocherhabner Weise und aus Quellen der Begeisterung genährt am Sein in Unschuld und vollendetem Ergeben? Das Wahrhaftige Bin Ich, von Schemen rings umflort, die Meiner nicht mehr zu bedürfen scheinen, das Gezähmte, das sich vor sich selber niederlegt in warmem, wonnevoll empfundnem und schnurrenden Behagen.

2.14

Allegorie der Hoffnung ist ein jedes Wort, das Ich den Bürgern zweier Welten in ihr Erdenreich entbiete, um ihr himmlisches vor ihnen aufzudecken, lieht und wahr. Was nützt ihr Streben, Bangen, Langen nach Gewinn und Glück, wenn ihnen die Glückseligkeit des Herzens fehlt, die vom Verweilen in der andern Welt ein Zeichen. Was nützen volle Scheunen und Verträge, Vetternwirtschaft, Fastfood, summendes Gedränge und Gewühl, wenn nur die Stille des Gemüts den Zauber reinen Friedens bringen könnte ins Bewusstsein der Erlösten in Mein Reich voll

Grazie und Genügen. Duldsam und vertrauensvoll muss eine Seele werden auf dem Weg zu Mir, der Ich das grosse Unbekannte Bin für alles, was die Sinne sich ergreifen wollen. Übersinnliches kann man nicht binden mit Gewalt und Tücken doch auf Spuren leisen Ahnens wunderbar verstehn. "Ich grüsse, was Mich grüsst", sei still in deines Wohlgewissens Grund gelegt zu häufigem Gebrauch und Nutzen, um der Allgewalt der Weltendinge zu entgehn. Nicht flüchtig deiner Welt sollst du dir werden, doch eine ebenbürtige soll dir in Meiner unbedingt erstehn und deine Sache wunderbar zum Ganzen runden einer Lebensschau von grandiosen Massen. Deine Seele fleht dich ständig an, auf Mich zu horchen in der Glut der Tage, wie den nächtigen Ängsten, die dich überwallen mehr und mehr in deinem alternden Gemüt und deinen brüchigen Knochen, du Erbarmungswürdiger vor Meinem Sonnenthron. Was alles habe Ich an dir zu laben und zu lieben, auszubügeln und zu nähren, bis du Meiner Nähe dich entsinnst und dich in Mein Umfangen und Verlangen bettest in glückseligem Vergehn.

Weihen will Ich dich in wundertätigem Beleben für den Dienst in Meinem Tempel als der Hohepriester deiner selbst in Würde und gottseligem Bewahren Meiner Huld. So amtest du vor allen, die dich, makellos geworden, freudevoll in ihren lichten Kreisen sehn.

2.15

Behutsam über dich gebeugt, bewahr Ich deine Eigenständigkeit in Meinem Frieden, immer wenn du willst, Mein Freies im bedrängten Merkantorium der Zeiten. Alles hängt an deinem Dich-Betragen, ob du in der Geistesarmut oder -anmut lebst in Meinem Sinne, die Gerechten mit Gerechtigkeit zu löhnen. Reicht das Wasser dir zum Mund, so reich Ich dir die Hand zum Sieg nach deinem Glauben an die Allmacht Meiner Güte noch im allerletzten Augenblick des Strebens. Deine Inbrunst mach Ich wahr, wenn sie aus reinem Herzen Mich betrifft im Agonieren deiner Daseinskräfte. Noch nie hab Ich den Hut genommen vor dem Elend Meiner Lieben, wenn es darum ging, ihr Seelensein zu bessern und die Labsal einzuträufeln in ihr hoffendes Gemüt; denn Ich Bin aller

Dinge Hoffen und Gedeihen bis zum letzten Atemzug und dann in neuer Weise im Unsterblichen, das ihnen eigen ist in Mir.

Ohne Leidenschaft schau Ich dem Kommen und dem Gehn im Ewigen zu und beschaue Mich in Meinem Mich-Verwundern über soviel Varianten Meiner Lebensmüh. Hab Ich viele Meiner Schäfchen auch im Trocknen, einige sind Mir entwischt und taumeln als Problemplaneten durch den Raum der Gegensätzlichkeiten würdelos dahin.

Nur ganz Wenige auf ihnen sind Mir Stütze, die ihr Soll in stetem Wachsen an sich selbst in ihrem Sein errungen haben. Sie nur stecken wie die Hefe auch die andern an und wirken unbedingt in Meinem Sinne in des Rechts Verstrahlen. Willst du, was du willst von ihnen lernen, als von Mir? Kann dein Sinnen sich verändern, Meiner Übersinnlichkeit entgegen ohne Mass und andres Zielen? Antwort gibst du dir im täglichen Benehmen nach der Art der Gaukler oder Schaukler oder Gottesfürchtigen und Weisen, lichtvoll oder finster vor den Toren Meiner allverheissenden Magie. Massest du dir endlich an, die Schwelle zum Erhabenen vertrauensvoll zu überschreiten, seligen Gemüts und seligmachenden Besinnens auf das Eine, das in allem west zum eignen Nutzen und zum Nutzen aller, die Es in sich sehn?

2.16

Ich verteile dir die Rosen, die Mein Herzblut sich gebar, dass du sie kunstvoll weiter ins Gedeihen führst, dem wachsenden Entzücken der Beschaulichkeit entgegen. Willst du spüren, was die Schönheit Mir bedeutet, spüre selber Schönheit auf in deinem Sinn und lass ihr Heg- und Pflege angedeihen in der Weise des Vollendens ihrer seinsvollendeten Struktur. Was Ich schaffe, schaff Ich in Äonen des Versuchens und Veränderns und Erprobens und Vergütens und erweise so dem Edlen Referenz, das in Mir wogt und flutet, Edles zu gebären. Dein Sinnspruch sei dem Meinen gleich ein sprechendes Gefühl für Harmonie und Ausgewogenheit der Farben, Formen, Töne, Rhythmen und Gerechtigkeiten in den Kreisen deines seinslebendigen Wirkens, Meinem zu.

Wovor sich fürchten, wenn die Tore offen sind dem phantasiebegabten Mehren Meiner tausendfältigen Natürlichkeit im Grünen. Schönheit heisst Bekömmlichkeit und Nutzen allen zu, die sich an ihr erlaben wollen, heisst, Vertrauen dem entgegen bringen, was noch wachsen soll in Windungen von Schmerz und Weh, wie in der Selbstbestätigung, die namenlose Freude bringt ins allversuchende Gewissen. Freiliches In-unermessne-Weiten-Gehn sei deines Forschens Manifest und - stetes Dich-Mir-näher-Tasten deiner Züge glorioses Leisten. Wende dich Mir bis zur letzten Wende unentwegt entgegen im Bewusstsein wundervoller Einheit in den innigsten Bezügen. Sei und sei Mein Eigenes vor deinem Seinsbetrachten und gewähre dir die Lust, das Lustige und Traurige und Traute und Verliebte und Verwöhnte und Verpönte als "Ich Bin Es" ebenso wie Ich zu sein in maledetten wie erkenntnisfrohen Tagen. Klammre nie ein Wesen aus von Meinem Es-Befruchten, wie du selber dich von Mir begabt erleben sollst in deinen Seinsbequemlichkeiten. Mach dich breit und lang in Meinen Gründen und erfahre, was es heisst, das Meinige in deinem Blut zu Markt zu tragen. Wissend werde weise ebenso in Gründlichkeit wie zartem Dich-als-Zärtlicher-Betragen.

2.17

Das Überall in seinen Zahlen, Massen und Gewichten, seinem Glimmen, Schwimmen und befördernden Elan Bin Ich in Majestät und Würde, strahlender Wahrhaftigkeit und immanentem Geistesbrausen. Wer höher strebt, wird immer nochmals Höheres finden in den Buchten seines Seinsgefühls und wird von Reiz zu Reiz das Reizende des Weltgewühls erleben. Dem Fluss der Zeit bedingungslos dahingegeben, steht er denkend, dankend und erhaben auf den Zinnen Meiner Burgen und begeistert sich an hochgebenedeiten Runden meisterlichen Schweifens über Meine Lande hin. Das Zweifelhafte hat er hinter sich gelassen, die Müh des Wegs vergessen wie ein Trauerspiel das bittre Tönen ihm entlockte, wogegen ihm nun Freudengluten glühn im Manifest der Helle, die sich um ihn breitet, hoch und hehr.

Geringen zeig Ich, was sie noch zu leisten haben; Hohen reck Ich Möglichkeiten vors Gewissen von gewaltigem Gebaren, das die Tiefen Meines Seins erlotet in begeisternder Manier und Minne fügt zu Minne im Kalender glorios gewordner Wundertaten. Zweifle nicht, dass dir dasselbe einst beschieden, wenn du klüglich Meine Dienste zum Gevatter wählst in deinem wirkungsvollen Unterscheiden. Weide dich an dem, was Ich dir, deinem Bitten haushoch überlegen, an Gefälligkeit gewähr im Seinsgewähren Meiner Güte, Meines Kraftens und der unermessnen Klugheit, die aus Meinen Gründen sich entwindet, deinen zu. Mach, was du willst, wenn du zuvörderst Meines Machens Stil dir angeeignet und gelob dir, nur in Meinem Sinn zu handeln, sinnend vor dich hin. Dann sei es, dass du, Seinsluft schnuppernd, dich in höchster Höhn Gediegenheit bewegst und Mein und Dein verschwindet in der Phase überseligen Vereinens, das in Zauberkraft und Zartheit deines Wesens Fülle und Erfüllung ist im Wunderbaren.

2.18
Auf Rosenwegen geh Ich still einher in Meine Buderschaft versunken mit den Dingen einer Welt von Lust und quälerischem An-den-Grenzen-Stehn. Wieviel Übel wären zu vermeiden in der Einsicht, dass nur Mein Durchkraften den Errungenschaften wahren Glanz verleiht und alles *Meiner* Stärke Ausfluss ist und Treiben. Brillant und siegessicher wes Ich in den Wesen, ein entzückend Bildchen Meiner Fähigkeit, das Kleinste noch im Grossen wunderbar zu integrieren und auf seine Wirkkraft unbedingt zu zählen. Wirkst du wirklich in der Richtung Meines Zielens? Frage Mich danach und Ich will Antwort geben ganz auf Meine Weise mit den Fragenumzugehn. Es ist ein inner Leuchten, das Ich in dir produzier, wenn aussen noch der Sturmwind seine Beute malträtiert und Düsterkeit will an der Seele nagen. Ungeschwächt und unbescholten Bin Ich der Vertraute deines Ringens um Verklärung deiner Situation und bekenne, was du seelenvoll erkennen willst im hoffenden Gemüt. Es schwingt der Adler sich vor deinen Blicken in die

Höhn und weitet deinen Sinn ins Unermessliche der Sphären. Los vom Leid reisst er dein wehmutsvolles Buchstabieren und bezaubert dich mit seinen freien Künsten im Azur. Dein Bewusstsein kann sich dann viel weiter noch erheben und die Strahlenwelten in sich fassen, die Ich Mir erschuf. Dann ereignet sich das Seinsverschmelzen mit sich selbst indem Bewusstsein und Empfinden sich behutsam zu Bewusstsein und Empfinden schmiegt und Einssein sich ergibt in vollen, liebelichten Zügen. Freudevoll, gestillt und unbefangen trägst du dann das Mal davon der Auserwählten, die in ihrem eignen Nutzen nur den Nutzen einer Gottheit sehn von auserlesnen Massen. Springinsfelde werden nie so weit sich selbst verstehn, dass sie in Mein herzinniges Behüten flüchten und die Stunden Meiner Schau erleben im beschaulichen Hinüber-Gehn.

2.19

Leicht gefasst und schwer gewogen Bin Ich Mir der Stein der Weisen in brillantem Glitzern, Wesenskraft und Glut in unerschöpflicher Manier. Mein Sinnbild ist das Wohlvertraute in des Menschenherzens Gral, Mein Wirken in den Sternen das Allweite, das Mir eigen. Nun komm und weide dich an Meiner Güte an der Wende deines Lebenslabyrinths zum freien Saal der tausend Inspirationen. Erhebe dich ins Kunstentbrennen Meiner formenden Magie und läute deiner Würde Frühling ein im Schaffen wahrer Grazie vor deinen Toren. Bestimme was dir frommt in Meinem Überschatten deiner suchenden Figur und nenne Mir die Gründe deines Handelns als die Meinen, dass sie dir zum Heil gereichen und zur heilenden Tinktur für deine Schwären. Wisse, dass Mein Alles-Finden auch an dein Versteck und dein Verstocken pocht in nimmermüdem Schicksalsschlagen, bis du aufgebrochen liegst vor Mir und Meinem Dich-mit Wärme-Wonne-und-Gewissenhaftigkeit-Begüten.

Was du spinnst mag sein ein Gärnchen noch so fein gesponnen, es umgarnt Mein Sehnen nach Gerechtigkeit und schneidet in Mein Fleisch der Reinheit und Besonnenheit durch deine Gauklerjahre. Löse, öffne Mir den Weg in deiner Gründe vielbewegtes Tal und meistre, was zu meistern ist im Sinn der Seinsgeschwisterschaft, die allem innewohnt im Erdbewohnen. Wende dich Mir zu in jeder noch so flüchtigen Gebärde deines Wirkens, wachse und erstarke am Gebrüll der Lebenssituationen, hinter denen Ich in Anmut und Verheissung wartend steh. Wie Oel in Oel bist du in Mich gegossen, ununterscheidbar in der Qualität des ewigen "Ich Bin", aus dem sich alles bildet und bewegt und aus der Reihe tanzt und wieder eingemittet wird ins Reich der Seinsgediegenheit und Harmonie in lichten Chören. Schau und schau dir das noch vor dem Morgengrauen an, wie in der stillgesetzten Nachtmahr Meine Sterne glänzen und die mitternächtige Sonne sich verbreitet, deinem Stillesein entgegen. Lausche, lächle Meinem Willen, deinem zu gehorchen, zu und lass dir von der Elfenleichte Meines Dich-Umschwebens Sagenhaftes, Hochgebenedeites und Entzückendes erzählen.

2.20

Rezepte gibt es nicht in Meinem gastronomen Hochbetrieb, hingegen wimmelt es von autonomen Gesten glückbegabter Interpreten Meines Willens, Wonne anzurichten in den Töpfen Meiner seinsbegabten Hostellerie. Süsse Düfte steigen in die Nasen der zur Seligkeit Entführten und gewähren ihnen den Akkord mit Meiner Harmonie des Allempfindens, blütenrein und unbescholten in dezentem Wohlgeraten. Weltgewürze zieren Meinen Kräutergarten und verzieren das Gericht, das Ich den Meinen als begehrte Köstlichkeit zur Kräftigung serviere.
Jeder Niedertracht abhold betrachte Ich gesunden Appetit als Segen und vermehre jede Lust, die sich in wohlgemessner Lustigkeit bewegt im seinsnatürlichen Geniessen. Nur die Krebslust merz Ich aus, die Selbstlust und die Lust am All-zu-Fetten in der fett gewordnen Denkensweise der Betriebsbarone. Ihre Bäuche lass Ich mit Befremden in den Polstergrüften ruhn, die sie sich selbst gegraben, unverdient und ruchlos schwimmend in Salären. Wirkliches Verdienst gebührt den in sich selbst erzogenen Garanten der Gesetzlichkeit, die von Mir ausgeht und in feinsten Seinskanalen das Gewissen bildet

der Getreuen Meiner Poesie. Ich nur schicke Schicklichkeit ins Leben und bereite Mass und Ziel den Massen, die sich folgsam und gelehrig nach der nächsten Stufe sehnen in der Wanderlust nach froher Aussicht, nie gesehn. In die Falle tappen manche - des Gewöhnens ans gewohnte Einmaleins des Nehmens, ohne dass sie merken, wie das Sich-Vergeben alle Muskeln stählt und das Erhabensein beschleunigt über den Gewinst und Wanst und über das Gewieftsein im Banalen. Lukrativ ist nichts, als Mein gewinnendes Begüten der Begüterten im wahren Sinn des Seinsverstehns. Die Lahmen lernen springen und die Balkenträger Herrlichkeiten sehn in Meiner Schule des Gehabens nach der Himmelsregel freien Schalt- und Waltens Mir zulieb und Mir zu Ehren. Nichts trübt die Wasser die *Mein* Mahlsystem betreiben, nichts hemmt sie auf dem Weg zum Kräftespiel in winzigen Kanälen, wie im breiten Wallen nach dem Meer des lautern, wonnevollen Sich-Ergebens ans unendliche Befrieden.

2.21

In alle Himmel ausgegossen Bin Ich, wenn Ich Mich so seh; in alle Himmel muss Ich streben, um die Wehn des Körperlichen nicht mehr so zu spüren. Schau Ich dann von fern den Weltlauf an, erscheint er Mir in seiner ganzen Niedlichkeit, als wär's ein Spiel von Zinnsoldaten. Wie hinter Glas agieren die so emsig in ihr Tun Versunkenen und lassen sich von Meinem Blick nicht stören. Mein Blick jedoch ist in sich selber gross und weit geworden wie das Sein, das ein Erkennen ist der eignen, unbedingten Grösse, die vermittelt und begabt, bezaubert und behütet, randvoll würdig ist zu grünen und zu blühn und die noch alles Werdende und Wachsende und Wehende zu sich erhebt ins Aufgehobensein der Sphären, Nicht König oder Kaiser oder Strassenbettler will Ich sein, wo doch Allweiten Mich erlaben. Geadelter von eignen Gnaden fröne Ich der Zukunft Meines Rauschens; Gesandter Meiner selbst, bewege Ich das Weltgedankenspiel zum Guten.

Narren sind sich ihrer Narreteien nicht bewusst, wogegen Weise wissen, was sie tun, weil sie ihr Werk in Mir vollbringen. Lässige sind lässig ohne Meinen Spruch und Schuss noch zu verspüren; blankgerupfte Hühner laufen sie geköpft im Hof herum, um allsobald dem letzten Zucken zu erliegen. Was Ich meine ist noch immer Götterstil in zucht- und zielbewusstem Seinsgehaben. Übermenschliches ist noch zu leisten, bis die Menschen Menschen sind in Anmut, Grazie und Fürstlichkeit, in liebender Grandezza und voll Zartheit in der Liebe lächelndem Gespiel. Zum Garten kann das Erdrund nur durch Menschgewordene noch werden, die von Sitten und von Sanftmut mehr als andere verstehn im Anderswerden der Gezeiten. Das Kommende Bin Ich, indem Ich, was schon immer da war, zum Erblühen bringe, indem Ich jauchze, wo die Trübsal sich zernagt und rette, wo die Schiffe durch die Meeresunbill jagen. Hast du deine Rettung heute schon gesehn? Aufbruch heisst die Stimmung, die Ich dir mit leiser Stimme applizier und Öffnung dem Unendlichen das Zauberwort, mit dem Ich dich ins Seligsein entführe.

2.22

Aus Gottesgrund Bin Ich berufen, Mahner an die Welt zu sein in glutigen Lettern, mildgesetztem Schein, sich selber zu genügen. Bist du betrunken, lass es sein aus eignem Antrieb, bist du dir nicht stubenrein, so kehre aus, was dich betrübt und lass das Schelten bleiben. Wend dich, o wende dich in allem deinem Fragen von dir zu Mir, vom Eignen ins Entsagen und gib dein Bettelland dem Königtum zum Tausch, das Ich dir freien Muts entbiete. Zähl erst auf Menschen, wenn du Meiner Güte Striemen auf die blanke Haut dir selber ausgezahlt. Zittre vor dem Wort und halte Ruhe vor dem Herzsturm der Entrüstung, der dich mag zu deinen Eigenheiten führen, aber nicht zu Mir. Ich allein Bin deiner Stärke Same, wenn du magst, ihn in dein Erdreich schütten mit der Kraft der Neigung, die du Mir entgegen spürst. Ich allein kann dir vertraut sein im Vertrauen, das du Mir entgegenträgst in deinen Schauern. Menschenwerk scheint hohl, wenn du es nicht nach Mir durchstöberst in Bezug auf Nutzen für dein Weiterkommen in der Lebenskür. Sowie du Meinen Sinn dir zum Gefährten auserwählst, bewahrst du dich in alledem, was du dir sein kannst. Tauen soll es auch in dir, wenn dir der Sommer in die Quere kommt in Meinen Breitengraden. Was nützt es dir, dir unnütz vorzukommen, wenn du deinem Eigennutz nicht einen Riegel schiebst und in der stillen Herzenskammer das bescheidne Scherflein vor dir auslegst, das dich Mir vermählt, im Seinsvermählen. Trau nur Mir und traue Meiner Kompetenz, dich zur Glückseligkeit zu führen auf dem Pfad, der Ich dir Bin im Spiel der Eigenkräfte, die dich Mir entführen. Geh nun heim und heimle dich Mir an in ruhigem Besinnen und im Trost, den ich dir spende in den Liebesmühn und Händeln, im Wallen des Gemüts, wie im Befriedetsein im Seinsgewahren.

2.23

Man muss die Geheimnisse Gottes nicht mit Gewalt aufdecken wollen, weil man sonst als Unreifer in einen Abgrund hineinschauen muss, der nur denen vorbehalten ist, die ihr wahres Selbst gefunden haben. Trauer, Schmerz und Wut sind Folgen dieses Tuns und werfen den Hörigen auf sich selbst zurück in seinem An-sich-selber-Bluten. Mein Geist weht jedem ins Gesicht, so wie er's haben will; er stützt die Hoffnung und lässt die Verzweiflung fallen, bis sie sich gefunden hat in Mir. Meine Strenge ist die Milde eines liebenden Befehls; Mein In-dir-Tanzen die Gebärde des Entzückens, das Ich an dir habe, wenn du Mich verstehst. Wo Seliges sich trifft, herrscht die Beseligung, an der Ich Mich erlabe; wo Unruh Treiber ist, vertreibe Ich Mich aus dem Paradies und muss in kargen Boden Sehnsucht pflanzen nach der Stille stillen Blätterrauschens in elysischem Gestilltsein in den Armen Meiner Ruh. Erlöste tragen immer schon das Mal der Friedefertigkeit auf Stirn und Wangen und ertragen, was sie sind in Anmut, Gottesfürchtigkeit und Staunen. Nimmer fällt es ihnen ein, ihr Los in Aufgelöstheit zu beklagen, weil Erkenntnis ihnen sagt, dass sie es selber sich geschaffen haben. So wird wahr, dass sich die Meisten über ihren eignen Weg nicht trauen und an ihren Grenzen trauernd stehn.

Nur *Ich* Bin grenzenlos im Sein und Lieben, Wollen und die Güte-noch-Vermehr'n, die Mich durchflutet und den Schleier bildet, der Mich sanft umwallt und Meines Frohsinns Zeichen ist für alle, die den Frohsinn in sich suchen. Meisterschaft ist nur in Meinem Wohlverstand zu finden, Tugend nur in Meiner Art, die Dinge auszulegen nach dem Besten einer guten Zeit, die kommen mag in Meinem lichterfüllten Blauen.

2.24
Ich Bin im eigenen Verlies der Engel sonder Güte, das Trauende zu trösten. Die Perle Hoffnung Bin Ich, die dem Armen glänzt in seinem Wehgewinde und das Mass, das alles Überlaufende empfängt in stillender Behutsamkeit voll Gleichmut, ohne Tadel. Von Mir strömt Wärme zu den Fernen, Frostgeschüttelten, Verfemten und Verlassnen, sie zur Freude des Empfangens hinzuführen reiner Liebe im Azur. Weisheit strömt von Mir hernieder zu zermarterten Gehirnen, die im Labyrinth der quälenden Gedanken keinen Ausweg finden. Voll Mitleid schau ich, was die Seelen bis ins Innerste erschüttert und gewähre ihnen Rast und Ruh in Meinen unermessnen Gründen. Laben will Ich sie, wie niemand Labsal spenden kann in schweren Nöten; Transparenz vermittle Ich vom Hier zum Dort in wunderbarer Weise des Begreifenlassens, was Ich meine in der Welt der hunderttausend Silben, die einander kaum verstehn.
   Ich fühle alles, was bewegend und bedeutend zieht durch's vielerfahrene Gemüt der Menschen und gewähre ihnen Heil und Hilfe, wo sie Heil und Hilfe sich erbitten in der Tage Wirrsal, wunderbar in mildem Wehn. Was Ich immerzu im Schilde führe, ist Befrieden einer Welt von tobenden Gefühlen, ist Beglaubigen, was von Mir in die Weiten strömt des Wirklichen im wirkenden Verlangen und Belangen, Bangen, Hangen und Erlangen, wo die Wesen auf den Stufen Meiner Einfalt stehn. Immer Bin Ich Täter schon und Opfer Meiner eignen Wirksamkeit gewesen und verlangte Rechenschaft in rauhem Wortgefecht von Mir. Wachsen wollte Ich und will Ich ebenso an Meiner eignen Grösse, bis das Selige, Gekonnte, Unerhörte überwiegt und alles reine Güte

findet in den Windungen des masslos breiten Stroms, des Silberglänzen schon von Mir die Kunde bringt ins Herz vom Meer und vom unendlichen Sich-an-das-Seligsein-Vergeben

2.25
Wer je gesundet, kann es nur in Mir und Meiner Ahnenlosigkeit im Ewig-Grünen Meines Seinsgefühls. Nur Ich kann alles, alles noch begründen und verstehn, was sich ereignet in den Gärten Meiner Tugend, in den Brüchen des Versagens, wie im Nie-Gekannten Meiner Lichtbewusstheit ohnegleichen. Regeln sind im Paradies nicht wahr, weil Ich keine Wünsche kenne in der Seligkeit, die Mich durchflutet und bewegt. Schönheit, Wonne, Grazie und Anmut schaffen ist Mein einzig Zielen in der blitzenden Behutsamkeit des Augenblicks, die Mich beflügelt und beseelt. Nur Ich kann Meiner Räume Anstand nach dem Eigenmass durchmessen; Meines Willens Zug allein vermag sich dorthin zu verlieren, wo Ich dich Bin und dir ganz genüge, ganz im Unverstand des Zeitlichen, den Ich in Mir begründet seh.

Mängel tragen das Vollendete zu Markte und verschwenden es ans Allgemeine, nur damit es Same sei zu noch Vollenderem in der Einzigartigkeit der Wesen. Wer will richten, wer das Plus und Minus recht verstehn im Weltgewoge, wo Ich selber stets Mir so Bin wie Ich Bin und ohne noch zu fragen. Fall zeugt Weh und Lernen, Aufstieg zeitigt Freuden noch so viel und findet sich im Mass und Equilibrium in Meinen Gründen wieder, die die deinen sind, wenn du dich recht begreifst in deinem Gluten.

Ehrbarkeit kommt nicht von Mir, weil Ich die Liebe stets verströme an Mein Sein und dabei Mein Bewusstsein mit Erhabenheit verschöne. Neidlos schau Ich auf die Vielfalt Meines Mir-Begegnens in den Wesen Meines Unterrichtens und Beglückens und Bedauerns offenbar, denn in Mir sind weder Ränke noch Gezänke je zu finden. Meine Inbrunst ist glückseliges In-Mir-Verweilen, Stund und Jahr an Stränden, die von Wonne, Sonne, Zartheit und Bezauberung triefen und die Lust am Sein in Stössen des Mich-selbst-Bewunderns Mir dezenterweis erhöhn im Ständig-ins-Unendliche-Entgleiten.

2.26

Neidlos, leidlos anerkennen, dass allein die Herzensschöne siegt im Kampf um Punkte vor den Herren jener Welt, die unsre in sich bettet und soviele noch dazu. Was nützen Tränen, Seelenstress und Manifeste des Erklärens, wenn die Dinge in der Wahrheit anders stehn und Güte nur und liebevolles Teilen eine Brücke bildeten von Wesensbild zu -bild in Mir. Gebrannte Kinder Meiner ehernen Gesetze müssen alle werden, die nur im Geringsten ihren Sinn zertreten und ihr Eigensinnen wehen lassen. Keine Sünde, keine Tugend wird vergessen in den Büchern Meiner Akribie, Gerechtigkeit ans Leben zu verteilen und den Ausgleich zu beschaffen in jedwelchen Handeln, das vor Zeiten schon geschehn.

Machtvoll schreit Ich aus, die Ernte heimzuholen, die Ich Mir versäte wachen Sinns in Lauterkeit und Wohlverstand, das Wachsen gegen Keime einzutauschen Meiner Phantasie. Vieles taugt und vieles muss verworfen werden in der Lese und muss neu beginnen, seine Unschuld zu beweisen in der Lebenskür. Das Erhoffte kann nur Meinem Sinnen gleichen, wenn es, gleichen Sinns geworden, hochsteigt auf den Stufen seiner Evolution, die sich nur in Mir vollenden kann gemäss der Einheit, die es sich errungen.

Burschikoses lass Ich in der höheren Einsicht nimmer gelten; Lässigkeit kann Ich nicht springen lassen, wenn es darum geht, Gelassenheit zu zeigen und geduldiges Weiterschreiten auf der steilen Bahn. Wer verzichtet, weiss das Büchlein Meiner Weisung recht zu lesen, wer die Gabe der Verheissung wünscht, muss nur auf Meinen Spuren gehen, um zu wissen, wo er ankommt vor sich hin. Trautheit teil Ich mit den Meinen, wo sie Stärke walten lassen in der Selbstzensur und Geringes schon als monstruös erachten, wenn es Mir entgleitet in der Heilsgeschichte Meines Werdens. Schon ein flüchtiger Gedanke kann ein Sonnstrahl oder Schatten sein in Meiner Klare; jede leise Regung ficht Mich an zum Guten oder zum Debilen. Hüte also dein Gebaren vor dir selber und damit vor Meinem unfehlbaren Augenstrahl, der wie die Furie das All durchblitzt und wie die Güte selber auf der hingegebnen Seele ruht im Seinsumfangen. Alles, alles mach Ich wahr und währe ewig, wie die Dinge Meines Mich-Erschaffens ewig währen. Trug sich auch nur etwas in den Sphären deines Wirkens zu, so war es schon auf langem Weg, der Sphärenharmonie zu dienen, die Ich begründe und begrüne aus Gediegenheit und Weh in unerschöpflichem Umrunden.

2.27

Lassen wir doch endlich die Natur ihr edles Werk errichten an sich selber, ohne Missgriff, makellos auf der Glückseligkeiten Spur. Neidlos, feindlos führt sie sich zu unerschütterlichem Wohlbehagen im Bewusstsein ihrer Seinskultur, wenn wir wie Schäfchen ihrem Sinnspruch folgen und getreu und tapfer ihren wohlgemessnen Weg begehn. Was die einen Schlimmes von dir meinen, ist den andern eben recht und schön, wenn du natürlich dich gehabst und dich, abhold von jeglichem Gehabe, fallweis weiter trägst nach Meiner Art von Richt und Ziel. Nur so kann dir das fabelhafte Werk gelingen des Vollendens Meiner Seinsgegebenheiten in der Minne, die sich Meiner Gunst gefliessentlich bedient, um über den geringsten Tadel weit hinauszuragen. Weisheit nenn Ich, was sich so ereignet in den Gründen Meines Dich-Bewegens nach den himmlischen Gesetzen, die die Liebe und die Lieblichkeit der Paradiese in sich tragen. Weiden sollst du dich am Bild des ineinandergreifenden Ge-schehns, das sich nach deinem seinsnatürlichen Bewegen unbedingt zum Guten wendet in der Güte, die Ich rings verteile auf der Liebe Spur. Meinem Mass gemäss gewahr Ich so den Zeiten Aufschwung ins Erhabene und führe, was sich führen lässt zu gloriosem Sinn und Stil. Meisterschaft will Ich in alle Winde tragen und Be-geisterung am Werk der Gnade, die von Mir ausgeht und das Herz ergreift der Welt in ihren Schauern, ihrem Zagen, Zögern und Bezichtigen, in ihrem Wohlverstand und ihrem Gutsein vor den Daseinsnöten, wie im Aufer-stehn zur vollen Würde ihres Seins in Meiner Seins-gelassenheit und Seligkeit an sich von immerwähren-dem Zerfliessen. Wunschlos, zauberhaft ins Ewig-Zärtliche gebettet weitet sich das Weltgefühl ins unermessliche Behagen, das Ich Bin und das im Seien sich erfüllt vom Anfang bis zum Ende aller seinsbedingten Zeiten.

2.28

Über allen Engeln wes' Ich als das Eine offenbar, das sich im Allverbreiten Weltenseele nennt und Weltgewissen, Liebender und Hoffender auf Sinn und Wiedersinnen in den Sphären. Meine blanke Seite ist das Weh, das sich die Wesen Meines Mich-Vergebens antun in der werdenden Vernunft, die ihnen eigen. Meine Flamme legt sich warm und innig um ihr Streiten und berührt ihr Sein auf wunderbare Weise, um es mählich, zart und ihrer Sehnsucht nach zu Mir emporzuheben. Meiner Ränder, Meiner Länder viele grenzen unvermittelt an den Ausfluss Meines Mich-Mir-selber-Offenbarens im bewegten Zeitgeschehn, dem Ich Mein Beleben und Besänftigen in einem weihe und es voll Güte mit der Wissenschaft des Unvergänglichen belehr.

Trage du im Herzblut unentwegt von dannen, was Ich mild dir auferleg zu sinnen und zu tun, damit dein Werden Meiner Absicht noch zuvorkommt in der wallenden Begeisterung, die dich beseelt und die von Meiner eine Sage ist im sagenhaften Weltenteilen. Mach Mich fromm, indem du leistest, was dir frommt in deinen Tagen und beselige das All, indem du Meiner Seligkeiten dich besinnst, die Ich dir mitten auf den Weg gegeben. Wache, glimme, strahle bittend Meinem Angesicht den Abglanz Meiner Helligkeit entgegen und erstarke in dir selbst an Meiner Stärke blendendem Symbol.

Es walten, wallen, weisen und beweisen Meine Kräfte durch das Weltgeschehn den Sinn in Meinem Blauen und beleben das Belebte unerschrocken mit der Würde wahren Seins im Wunderbaren. Treuvoll und gediegen steh Ich in Mir selber in den Meinen und vermittle Zartheit, wo das Zarte blüht im Schicksalsgarten. Jubelnd sollen Mir die Weisen unvermittelt in die Hände reisen Meiner Heimlichkeit in ihren Zonen, dass sie dann den Reichtum Meines Reichs auf immerfort bewohnen.

Aufwall und Vollenden sei in Meiner Unerbittlichkeit ihr meisterliches Ziel.

3

Schwingen zu erhabnem Flug

3.1

Geläutert und gestillt wirst du aus allem Ungemach hervorgehn, das sich anstellt in des Lebens Niederungen, um dem Fortschritt doch zu dienen. Bäume pflanzen der Beständigkeit und Würde macht dich gross und gebietet noch den stärksten Winden, die dein Feld der Anmut rücksichtslos zerzausen wollen. Meisterdinge hab Ich dir ins Blut geschrieben, dass du ihres Blühens Handwerk unentwegt betreibst und Gewichtiges als wichtig auch erkennst in deiner Seinsgestimmtheit Mir zu Ehren. Verlass dich auf das innewohnende Geflüster Meiner Treu und streb dem absoluten Guten zu, wie eine Barke, deren Steuer Geisterhände führen. In *Meinen* Wassern lässest du dich nimmer gehn und gehst den Weg der Eintracht mit den lichten Sphären. Schönheit folgt dem Seinsvertrauen auf dem Fusse und gewährt dem Wanderer Glückseligkeit und Wohl. Wem Gestimmtheit in den Herzensgrund geschrieben, lässt sein Lied wie von der Laute klingen, dass es die Gemüter anregt und beschwingt in sonderlicher Weise über allem Weltgewühl.

Dir kann's recht sein, wenn die Tugend dich besonnt und dir bezeichnet, was dir frommt im Hain der väterlichen Tage. Nutzen bringt, was du dir urbar machst vom Rohen, das den Weg der Wege dir belegt und wenn du Früchte ziehst aus jedem noch so kargen Unterfangen. Mach auf, mach auf die Tore wie die Schwingen zu erhabnem Flug in Meiner Weiten glorioses Ziel und eile, Meiner Freie Wunder zu erleben. Einfachheit und Gradheit sei dir von der Meinen mitgegeben und Gedanke an Gedanke schwirrender Holdseligkeiten reihe sich dir an im überirdischen Gewahren.

Nur was lebt, kann auch erleben. Und so trachte nach Lebendigkeit in deiner kuriosen Lebenskür, damit die Züge deiner Inbrunst sich von Tag zu Tag verklären. Schattenhaftem sende Licht entgegen und Geschrumpftem deiner Fülle Mass, damit das Herrliche sich am Geringsten noch entzünde und das Liebliche hervorbringt in den Zellen Meiner sinngeladenen Gewähr. Lauter sei, was sich Mir naht und Lauterkeit sei dein Idol im seinsvernünftigen Streben. Baue, schaue, wachsam sei in jeder Phase deines Deutens Meiner unerfindlichen Moral.

3.2

Gottesruh im Seinsvertrauen schenkt sich deinem Wesen in der Wachheit des Gewahrens deiner Gründe im Unendlichen. Festigkeit des Herzens, Seelenseligkeit und Heiterkeit gehn Hand in Hand einher mit deinem Schauen und bereiten dir Genügsamkeit im virulenten Weltenspiel. Dramatik kommt dem Sein recht ungelegen, weil sie sich im Eigenwilligen gefällt und Ringe um sich schliesst absonderlichen Wütens. So entsteht die Pflicht, zur Einigkeit zurückzugehn, wie in den Ozean der Stille, der sich durch Allweiten zieht und alle Dinge in sich fasst mit namenlos behütender Gebärde. Das geschieht im Jetzt, sowie du dich dazu ermannst, dem Sein zu gleichen. Ambitionen lässest du im Selbstvergessen stehn und weitest deines Sinnens Glorie ins Gloriose wahren Weltbedeutens.

Sieh dir das Groteske vieler Siebenpfünder an. Wie die Pfauen schlagen sie um sich das Rad der vielerlei Talente, die sie in sich tragen; wie die vifsten Redner pusten sie ins Mikrophon und bestätigen sich selbst als sakrosankte Wunderwesen. Rührt ein solches Meiner Schwinge Hauch nur im geringsten an, so fällt es ins Verzweifeln, weil es keiner Lösung inne wird der festgesetzten Taten.

Ewigkeit verstömend Bin nur Ich in jeden Wesens seinsfragilem In-der-Welt-Bestehn. Schwenkt es vom Sich-selbst-Beschauen in das Fabelhafte Meiner Kür, so kann Ich in ihm wirken wie der Frühwind über rosenroten Wassern, wie der Sang der Amsel vor dem Morgensonnenstrahl. Weiten will Ich dem erschliessen, der sich Mir vertraut von unerschöpflichem Befrieden und Bewahren und Beglücken in der Heiterkeit des wohlgesetzten Vorwärtsgelms, wie im besonnenen Streiten um Gerechtigkeit und rechtes Tun in jeder Weise des Agierens. Froh im Frohen, siegessicher im Gewissen soll er sein und ohne sich vor einem einzigen Gedanken seines kühnsten Sinnens noch zu schämen.

3.3

Dem ewigen Jetzt verschrieben trachte Ich danach, die Dinge zu betrachten, die nun samt und sonders draussen stehn. Mir selber bis zum letzten treu, beginnen sich in Mir die Seinsgeschwister Seligkeit und Dankbarkeit zu regen. Leicht gewordnen Herzens darf Ich Mich der Früchte der Gottinnigkeit erlaben und Geständnis um Geständnis schön gestimmten Wissens über Meine Lippen führen. Heimkehr trägt die Züge sanften Lächelns in die Weiten, kostet Ruhe nach dem Sturm und darf sich mit der Allbarmherzigkeit versöhnen. Eine Weide für die Augen ist, was sie nun sehn; ein mildes Leuchten hellt den unermessnen Raum, den sie bestreichen und belebt die demutsvolle Stille mit Erhabenheit, in der Mein Sinnen sich vollzieht. Es ist im Wandel das Bewusstsein wie vom Reich des Schlafes in den Zustand überird'schen Wachseins eingezogen; jeder zündende Gedanke äussert sich gestochen klar im Bild der hunderttausend Variationen. Biegsam, schmiegsam sind die Seinsverästelungen, die vor Mir und in Mir pausenlos geschehn. Ein Schieben, Stieben ist's von Schärfe und Gewalt, wie von galantem Sich-Verbeugen vor dem herrschenden Gewittern eines Mächtigeren im beherzten Tun. Dreistheit zieht die tiefsten Furchen in den Lebensacker, darein viele purzeln im beschleunigten Elan, den sie an sich erfahren. Doch der Wohllaut steten Lernens macht sie wieder fit für's nächste Abenteuer, das sie zu bestehen haben. Leid ist immer auch mit Licht verbunden, Zuversicht mit Zagen und Gewohnheit mit Gewöhnlichkeit im Alphabet des menschlichen Gehabens. Meiden sollst du wie die Pest das Fixum, das in soviel Formen Trautheit fordert und soviel verschlingt an Spontaneität und wundervollen Arabesken in der Daseinskür. Nur Gewillte trägt der Wille auch voran ins Wagnis blanken Überschreitens der Gesetzlichkeit im Werden. Mein ist das Prinzip der Zügellosigkeit im Zug der Seinsbezüge, die Mir eigen. Unfehlbar beziehe und bezeichne Ich das Rechte in der Wiederkunft der Künste aus der Inbrunst Meiner Schau vollkommenen Gestaltens dessen, was sich ziemt. Ich labe Mich an Meiner eignen Schöne und gestatte Mir, wie die Sybille nur in Rätseln spruchweis noch aus Mir zu gehn. Für manche werd Ich so zum Brunnen goldner Lauterkeit, für viele aber zum verschlossnen Pool der Eigenbrötelei, an dem sie sich die Zähne wirkungslos zernagen.

3.4

Die Trennung ist gewollt und weise in Bewusstes und nicht mehr Bewusstes in des Menschenvolkes Lebensstil; wie, sollte sonst das Sein an sich noch Evolution erreichen. Verwandlung in das Sinnensein bringt Abgesondertheiten und damit den Willen, wieder eins zu sein in seinsbewusster Weise mit dem Einen, das da wirkt und waltet, zieht und stösst und das Lebendige ist in lebenslangem Fluten.

Wahrlich, sag Ich, sind wir immer so wie das, was wir ersehnen, nur können wir's, wie hinter Bergen noch nicht sehn. Wir stehn uns selber vor dem Absoluten, das wir sind, mit unsrer Art, die Dinge nur von aussen zu betrachten. Geld ist Macht, und Macht zieht uns nach draussen in das Sinnenfällige, das wir in allem Ernst besitzen wollen. Welche Illusion! Das Augenlicht erlischt, das Hören fällt dahin und, aufgelöst, vermögen uns die Finger keine Form mehr zu erzeigen. Hast du das an dir gesehn, so weisst du, dass dein Wesen unsichtbar und unvergänglich blüht im innern der Gegebenheiten, wo es ganz sich selbst gehört als Sein vom Sein, als Ich vom Ich und als die Blume Redlichkeit und Wirklichkeit im Welterscheinen. Selbsterkenntnis macht dich traut und schön und ebnet dir die Pfade durch die Wirrsal einer Zeit, die immer Umbruch ist und Willkür, Zorn und Zagen.

Was du nie gekannt, wirst du im Blick auf deine, alle Innheit sehn. Es nähren sich von ihr die Triften ebenso wie die Gelehrten und die Taugenichtse, die Fanfarenbläser und die Gürtelrosenträger, die nicht wissen, was sie trifft und anhält, so zu sein, wie sie sich neuerdings benehmen. Kennst du deine Motivation, so kennst du Mich in deinem Dich-Verwundern und Verwunden, deinem Aufwall und Darniedergehn.

Was dir süss die Nachtigall ins Herzsein flötet, ist dann eins mit Meinem Urgesang von Licht und Wonne, von

Gerechtigkeit und glückverheissendem Beschreiten eines Pfads, der mit dem höchsten, wunderbarsten Ziel verbunden.

3.5

Je dichter die Materie, umso ausgegrenzter ist das Sein in ihr. Bewusstsein kann sich nur im Niemandsland entfalten, ausser allen Sinnens Wahn. Ich geb dir dieses zu bedenken, dass du mählich dich bedenkenlos dem Unerforschlichen vertraust, das dich umflutet und dir wahre Heimat ist auf immerdar. Gesandter seiner Ganzheit bist du, Liebenswürdiger vor seinem Thronen und Gelebter seines seinslebendigen Gebärdens. Was du wahrhaft Bist, bist du, indem du seinen Willen dir erwählst zum schicklichen Agieren, indem die Lauterkeit des Herzens dich zu allem Guten führt, das Ist und das du selber Bist und sein wirst in markanten Zügen. Nimmer wirst du fehlen, wenn das Seinsbewusste deinen Wandel pflegt und deine Rechte sich erstreitet im erbarmungslosen Menschentoben. Gut zu Gut und Niedertracht zu Niedertracht muss wallen wie der Fluss zum Meer und wie das sanft Verdunstende ins Sublimieren.

Pausenlos geh Ich dir Zeichen Meiner Huld, die du im Schauen nur zu deinen Diensten kannst erheben. Lerne dazu, dich dem Weistum Meiner Stille hinzugeben, wo Gewaltiges dich trifft, gewaltlos in dezentem Frieden. Ein Barbar soll seine Finger von Mir lassen, weil das Feurige ihn brennt und zwickt und nach Vergeltung trachtet seiner Taten. Nur Sanftmut, Würde und Bescheidenheit sind von Mir akzeptiert als Öffner Meiner Truhen und Empfänger Meiner Schätze von urewigem Bedeuten. Wer zuletzt lacht, lacht sich Meine Günste an und verschreibt sich manche bittre Pille des Entsagens, bis die Lebensfreude ihn auf Schritt und Tritt begleitet und ein Liebeslied erstrahlt aus seinem Herzgefühl.

Im Land der Seligen muss niemand mehr verzagen, geschehe was da wolle. Wahrhaft treu Bin Ich den Treuen, scheu den Scheuen und gewissenhaft den Seinsgewissen, in gekonnter Weise dienend ihrem Auferstehn. Machbar ist nur, was Ich in die Machbarkeit entlasse, zündend nur, woran Ich Feuer leg in Meinem Mich-geflissentlich-Vergluten.

3.6

Weisheit ist dir mitten auf den Weg gegeben, dass du ihres Wesens Wohlgehalt erfassest, um mit ihm ans vielersehnte Endziel zu gelangen. Immer gilt es, zwischen Eigenbrötelei und Weltgewissen zu entscheiden, Kleinlichkeit dem Grossmut unbedingt hintanzustellen und dich hinzugeben an des Gottes weitgesteckten Plan. Jede Absicht soll im Kern das Weiterführende enthalten, das da in dir will und will Vollendung aller Wesen in der Weltenbruderschaft erzielen. Nur das Eine, Reine soll am Ende noch geschehn, und endlich soll das Zielbewusste wieder mit dem Seinslicht sich vereinen, das ihn wie der lautre Sonnenschein umgibt und seines Sehnens Inbegriff befriedet.

Wer die Stimme hört des Hochgewölbten, muss in keiner Weise mehr verzagen; wer getreu den Pfad der Hoffnung auf ein Besseres beschreitet, braucht sich seiner Schwachheit nicht zu schämen und darf Ewiges vor seinem Augenblinken sehn. Was er sich an Wohlverstand erworben, führt ihn in die Sphären sagenhafter Ruh im Streiten, badet seinen Sinn in Zuversicht und Wonne und verklärt ihm Schritt für Schritt im vorwärtsdrängenden Beleben.

Seine Werte werden dauerhaft und gross und was ihn lockt, ist in den Sternkreis eingeschrieben. Als ein Herold seiner eignen Würde geht er siegessicher durch die Strassen seines Aufschwungs und befehligt seiner Kräfte Bund wie einer, der nie nachgibt im Sich-selbst-Befehlen.

Wunderwirkendes Geschehn wird deine Seele überfliessen, wenn du standhaft dich dem Strom der Selbstgefälligkeit entgegenstellst und achtsam deiner Züge dich bedienst, um einer ganzen Welt zu dienen. Dies sei dir bedeutet und bedeutsam, wenn du Meiner dich entsinnst und mit den Meinen fürbass gehst auf ewig grünen Weiden. Sprich und sei, was du versprichst im Land des überirdischen Gewahrens.

3.7

Wie finden wir die Dinge, die wir gar nicht suchen: Überraschend nett und schön. Sovieles wird aus Unbekanntem ins Bekannte hochgehoben, was dann als Enthüllung reiner Schönheit vor uns steht und uns Entzücken und Begeisterung entbietet. Es scheint, als ob ein Weiseres und Klügeres als alle Welt zusammen seine Glorie feiert in den kunstvoll stilisierten Werken, die in stillen Kammern aufblühn und von Würde und Vollendung zeugen.

Schaust du ruhig und genau auf dies Geschehn, so kannst du darin ohne weiteres ein Ewiges gewahren, das mitten in die Zeiten bricht, die wir so erdenbürgerlich erleben. Das kann im Bewusstsein eines jeden eine Wandlung hin zum Kosmischen bewirken, das er dann als seinsbelebtes Medium erfährt von unerhörtem Glanz, voll Seele, Denkkraft und Gewalten. Weg vom Spielzeug seiner selbst wird er zum filigranen Teil in einem unermessnen Ganzen, zur Fingerkuppe einer Riesenhand, die sich wie aus dem Nichts ins Weltgeschehen breitet und zum Zeugnis wird der Herrlichkeit, die zielbewusst und eben sich entfaltet in erstaunenswerter Kür. Was hat das Menschsein Ihr und sich zu bieten, als das abergläubige Sich-von-Ihr-Trennen oder das Mit-Ihr-Verschmelzen im Bewusstsein des Alleinen, das wir innewohnend sind. Das Trennende wirft ewige Sehnsucht auf und lässt die Geister nimmer rubn, bis sie sich auf das Eine nur besonnen haben. Weit über dem vernunftgeschliffnen Räsonieren breitet sich das Weltenherzliche ins Sein der Weiten und erfüllt sich mit glückseligen Schauern im Erkennen reinen Liebewaltens in den Sphären. Sonderlich gestärkt fühlt es sich von der Einsicht, dass noch alles dem Vollenden zustrebt eines aberwitzigen Gedankens, der die Welten schuf und der sie wieder ins Holdselige auflöst, das im Seien sich erfüllt und im bewussten Selber-sich-Gehören.

Minnsänge zu den Ufern der Gerechtigkeit sind dort zu hören, und Geliebtes in den Armen des Geliebten weidet sich am Wachsein in Erhabenheit und Ruh.

3.8

Das ist ein intensivers Miterleben des Geschehens der Natur, wenn die gestaltenden Prozesse: Wetter, Jahreszeiten, Kriege, Friedensschlüsse, Katastrophen, Ruhmestaten und Kalenderdaten seinslebendig in des Menschen Seele wirken und sein Sich-im-Dasein-Fühlen kräftig mitbestimmen zwischen Wonne und Tortur. Das will heissen, dass er sich als Weltenwesen sehen kann und sieht und dass sein Sich-Erleben seinsidentisch ist mit Ihm.

Fasse dies, wer's fassen kann, es ist ein waltendes Geheimnis für die vielen und gebiert Verwirren und Verirren auf der Bahn. Lebte nicht und webte doch in allem ein gewisser Grundton des gestaltenden Elans, des Freude-Suchens und -Gewinnens, müsste ja das Ganze schiefgehn und am Ende scheitern in planetarischen Dimensionen. So aber träumt das Ich von Evolutionen, von gewagtem Fortschritt, von gelebter Menschlichkeit - und wird sie auch erreichen. Mitten in dem Hader blitzen Seinsbewusste auf und leuchten einer Vielzahl in der Zeit voran, wie Lichtoasen. Was sie in sich selbst gewendet haben, wendet sich zum Umkreis ihres Wirkens sanfter Weise und bedeutet in den Wehen Weltenwohl, erhebt im Straucheln und befähigt Zagende zu grossgefügten Taten. Weit gespannt sind ihre Flügel, und die Flüge ihres Geistes führen weit voran im Sinn des Hoffens und Erlangens, Schauens und Bestehns. Geprägte gehen heilend sie von Ort zu Ort und wissen Trost zu spenden und das Herz zu laben. Alle wahrhaft Grossen waren so und sind es noch und sind dem Augen-Blick der Selbstgefälligkeit verborgen.

Liebst du, scheinen sie zu fragen, liebst du dich und deine Welt mit innigen Bezügen und versuchst du täglich, sie auch innig zu begreifen. Dann ist vieles, alles gut und schafft dir Freiheit und Gelingen, Freude, Frieden, Trost und eine Sicherheit des Dich-Betragens, die wie die Kerzenflamme still einhergeht und Bedeutsamkeit verstrahlt. Wecke du in dir und allen das Bezaubernde, das ist im Augenblick zu greifen und bewahre, was du weisst als Kleinod des Beglückens in der Herzschatulle, um es immer wieder mit Entzücken anzusehn. Gib dich lächelnd einer ganzen Welt dahin und lass sie deine Wachheit spüren. Leisen Dankens wirst du dann den Strom des Göttlichen in deiner Wesenskraft gewahren.

3.9

Das Wenige vermag dem Vielen harte Schläge zu versetzen, wenn es zielbewusst und unbekümmert seinen Plan verfolgt im Guten wie im Bösen. Dessen eingedenk sei auch für dich gewiss, dass deine Taten nie vergebens sich entrollen vor den Augen einer hellbewussten Götterschar. Ziehst du an Hebeln noch so klein in deinem Dich-Begründen, so stellst du Weichen, Wege für dein und der vielen Weitergehn. Ein grosser Wille drängt sich in die Fernen und erfährt Beschleunigung und Lenkung auch von dir. Das Ganze wird in winzigen Teilchen dargeboten und gebärdet sich im selben Mass, wie eben diese sich vom einen bis zum andern ziehn. Schreist du nach Noten, schreien viele ohne Noten auch mit dir. Sie nehmen dich zum Vorbild, weil sie selber noch von sich kein eignes Bildnis zu gestalten wagen. Hast du dies begriffen, weisst du besser dich in Anmut zu betragen, um kein einziges der Menschenkinder einem üblen Einfluss auszuliefern. Nur die Würde macht das Leben gross und sorgt dafür, dass Wahrheit, Schönheit und Vollendung sich verbreiten.

Stillst du dich, so werden auch die Wesen um dich her sich stille halten und gewinnen Achtung gegenüber deinem Tun. Nicht foppen, nur befördern sollst du das Dir-Anvertraute, dass es sich bestätigt sieht in seinem Drang, sich auszuleben. Seine Wünsche führen auch dich selber näher an das Ziel, das du dir setzest, selbst wenn es sich ins Absonderliche noch verstrickt in seinem Wähnen.

Zeige, was du kannst, doch ohne dich zu brüsten, denn nichts leichter wird durchschaut, als was nicht echt ist und fundiert in deinem Dich-Betragen. Deine Sterne stehen immer nur so gut, wie du sie hinstellst in den Himmel deiner Angelegenheiten. Sie befördern deine Künste oder hemmen sie nach deiner seinsbewussten oder unbeherrschten Wahl. Sei dich selbst und sei, was über dir im Sein der Sphären lodert als das allgemein Verbindliche, an dem du wie die Traube hängst und das dir Saft und Wärme spendet in verschwenderischen Zügen.

Beschreibst du dich, beschreibst du Mich in deinem Drang, dich in die Welt hinauszutragen. Bist du ehrbar, mögen deine Worte schicklich sein und bist du einer Traurigkeit verfallen, lässt sich das Gesagte einem Grabgesang vergleichen. Genial hingegen kannst du aus dir selber nimmer sein. Nur, was Ich in dir bewirke, singt den vielbegehrten Zauberton ins lauschende Gemüt, der so entzündet und begeistert, dass vielhundert Hände Beifall spendend in die Höhe fahren. Alles hast du so in letzter Konsequenz von Mir, dass nichts mehr dir allein zu eigen bleibt, als mustergültiges Staunen, mit dem du, was du bist, quittierst als Meines Inneseins Begaben.

Wäsche trocknet, wenn der Wind darüberfährt, doch kann dich niemand von Mir leeren. Bist du achtsam, so gewahrst du, was Ich in dir Bin als Souverän von Himmels Gnaden und als Träufelnder des Elixiers der Hoffnung in ein offenes Gefäss.

Gerundet sind die Zahlen ganz; desgleichen runde Ich das Ausgefranste deines Wesens zum Gesammelten der Ich-Natur, sowie du Mich gewähren lässest, dies erhabne Werk in Minne zu vollbringen. Trag dich dazu Mir alleine an, als Freudensucher und Gewinner einer Losung, die die besten Lose spielend übersteigt und finde deiner Sehnsucht Part in Meinem Dich-Befrieden. Balze nicht um Wohlverstand und Achtung vor den Deinen, wenn doch beides aus Mir fliesst im weltenweiten Strömen, das Ich inszenier. Trau dem Innig-Leisen mehr, als dem Geschrei aus tausend brünstigen Kehlen nach Erfolg für ihre eignen Wänste hinterfür. Gedacht ist auch getan in Meinem Alfabeth der Taten, und das Schreiben ist nur festgefahrene Gedankenflut im mählichen Verderben. Gib dem Neuen Raum in deinem Überlegen und zerreiss die Hinderungen, die wie langgedehnte Bänder dein Bewusstsein malträtieren.

Lass beschmutztes Schuhwerk draussen stehn, wenn, du Mein Heiligtum betrittst im Bogen des gesitteten Gewahrens Meiner Wölbung über deinem Seinsgefühl.

Nur das Allerreinste driftet durch Mein Sieb der tausend Fragen nach Gerechtigkeit und rechtem Denken in den Gründen deiner Ruh; nur Gewissheit deiner selbst kann wahre Ebenbildlichkeit mit Mir vermitteln.

  Wähle, aber wähle gut im Vorerzählen deiner Heilsgeschichte und verlass dich auf Mein sinnendes Gehör für alles virulente Streben. Zug um Zug verwandelt sich dein Leibliches in unfassbar gestaltetes Verwobensein mit Meiner Gloriosität im lieblichen Verblauen. Himmelfahrt ist immer noch im Trend in Meinen Schulen und betrifft die adligen Gemüter, die geschlossen Meinen Ratschluss zelebrieren. Gesteh dir ein, was andere sich nie gestehen wollen, dass Mein Klingen jede Glocke überwallt und Meine Schönheit jene jeder Tänzerin pariert auf dem Parkett der Lebensfreuden. Zünde Mir, o flamme Mir dein Lichtlein an und lass es sich in Meinem Strahlenmeer vergluten.

3.10

Ieh gleiche, was Ich Bin der Weltensonne an in ihrem Strahlen. Ein Hort der Friedefertigkeit ist Meiner in der unverwechselbaren Treue, die Mich wesenhaft erhält in Mir. Was in den Welten sich ereignet, Bin Ich nicht und seines Aufruhrs Wellenschlagen gleitet still an Mir vorüber-, währenddem Ich schauend es beseh.

  Was ist ein Seinsgeleerter, wenn nicht ein Gelassener in Meinem Sinn und Sagen; was ein glänzender Vollender seiner Zeiten, wenn er nicht das Zeitliche sich im Ewigen zerfliessen lässt, wie Flüsse sich ins Meer ergiessen. Ohne Zweifel trachtet jeder nach der Palme reinen Selbstgefühls und wird sie auch erringen, wenn er Meiner Weisheit sich bedient, um in die höchsten Höhn zu steigen. Gnade findet, wer geradewegs Mein Seien anvisiert und sich erkennt in dem, was Ist als das Geneigte, Wunderwerk um Wunderwerk hervorzubringen.

  Stähle dein Bewusstsein und erhalte es in Mir, damit die Taten deiner Ignoranz wie reife Früchte von dir fallen und das Freisein dich beseligt, wie die freie Aussicht auf dem Berg den kühnen Wanderer beseelt. Trage Meiner Liebe Zug als Amulett in deinem Herzen und betrachte jede Wendung deines Schicksals als geschenkt von Mir, um deinen Wesenskern aus der Verschüttung in die Sphärenwirklichkeit emporzuheben. Traue deinem Ahnen und traue dich Mir an, indem du selber dir vertraust in unerschütterlichem Selbstgenügen: Alle Werte sind in dir versammelt, die dir nötig sind, um Schritt für Schritt zu avancieren in der Kunst der seinsgewissen Ruh. Kein Trieb, kein Wellenschlag, kein Walten übermannt dich in der Reinheit Meiner urgewaltigen Züge. Nur Transparenz und Mitte deiner selbst wirst du in Meiner Mitte fühlen. Was bewahrt dich besser in der Wonne losgelöster Fügen als das augenblickliche Verstehn der Hintergründe im Begründen deiner Ich-Natur, vor allen Dingen.

3.11

Wer zieht, muss sich darauf im Stossen üben. Wer männlich auftritt, muss dem Sanften, Weiblichen sich einmal doch ergeben. Besser ist's, Gesetzlichkeit aus Einsicht zu befolgen, denn aus Widerstand und Qual. Was getrennt ist, will sich unfehlbar vereinen in der Kräfte Ruh in seligem Geniessen. Also spricht das Sein, indem Es sich in reiner Würde zu erhalten weiss, derweil es mengt und zischt und stürmt und säuselt, weckt und Zaubertränke mischt zum ewigen Schlafen. Sein ist Selbstbewusstsein bis zum Gehtnichtmehr in allem, was sich, abgeklärten Blickes, sieht in seiner Lage. Heisst das, hier und dort zu sein im selben Augenblinken? Ja. Es teuft sich in die Seele des Gewissens Strahl, dass sich Geschaffenes und Schaffendes auf Du und Du verhält in unabänderlichem Sich-Durchströmen. Lebendiges kann im Lebendigen nur gedeihen und Gediegenes holt seinen Wert stets aus Gediegenheit hervor im ewigen Umrunden.

Was sich ziert, fällt ab, wie Birnen fallen, wenn sie fett geworden sind. Barbaren suchen sich und andre ins Abseits zu drängen und verlieren sich im Suhlen. Mehrheit macht nicht stark im Sinn der Evolution des Einzelnen, das sich Substanz erringen muss in Mir. Es geht nicht an, dass andere als Ich die rechten Wege weisen, denn sie wissen nichts vom Ganzen, das Ich Bin, in jeder Phase des Zerfaserns und Verbindens Meiner Unbescholtenheit im Grünen. Wer sich selbst beweisen will, muss vorerst Mich bewiesen haben; wer nicht straucheln will, setzt seinen Fuss auf Meiner Schultern weitgedehntes Paar im Unfehlbaren.

Nur auf eines sich bescheiden kann nur der, der vieles ausser acht gelassen in der Philosophie der Einsamkeit, die Ich in stillen Nächten propagiere. Im Einen alles sich erringen ist der Weisheit Ziel, das fordert, ohne zu benennen und begleicht die Rechnung ohne Zahl. Unendliches ist ohne Rest im Endlichen enthalten, wogegen sich das Endliche in Teil und Teilchen immer mehr verliert.

3.12

Alles weisst du, was du auch nicht weisst, indem du Bist in Mir. Ich fördre dich, das auszusagen, was in Meinem Grund als Wahrheit sich erweist und was die Stunde des Entdeckens neuer Wirklichkeiten ist an deinem Hofe. Immer murmle Ich Gedankenquellen vor Mich hin, die dich begiessen und befremden und befreien in so vieler Weise, wie es Variationen gibt in Meiner Art, Mich auszugeben. Gelingt es dir, den Urgesang aus Meinem Melodienfluss herauszuhören, bist du wie begnadigt und vom Sorgenkreis erlöst, in den du dich hineinbegeben. Machwerk deiner selbst bist du, solang du nicht mit Mir vereint am grossen Werden teilnimmst, das Ich inszeniere. Alle, alle sollen sich ins Sein begeben, sage Ich aus himmlischem Begründen. Ihres Daseins Zwitterhaftigkeit wird allsobald dem Einssein mit Mir weichen, wie sie sich besinnen auf das immanente Götterwohl, das ihnen seit Urzeit beschieden. Früchte sammeln und geniessen heiss Ich sie, und wahrhaft ist dies nicht zuviel verlangt in Meinem Garten. Reich gesegnet ist, was sie in Meinem Sinne tun und was sie schliesslich als Mein Wirken anerkennen.

Ihre eignen Hüter sind sie nie und nimmer noch gewesen, es sei denn, sie erkennen sich als Mich, der hutvoll, glutvoll alles in sich formt und feierlich als das begründet, was Mir frommt in langgedehnten Meisterzügen. Eine Ahnung mag dir aufgehn von der Wucht und

Sanftmut, die Ich auf Mich selbst verwende im bewussten Daseinsspiel. Ein Beglücken trifft dich sondergleichen, wenn du dich erkühnst, auch nur den Saum von Meinem Wesen zu berühren auf der Götterspur. Du stammelst Dank und weisst dich kaum mehr zu benehmen vor dem Hohen, Höchsten, das sich dir erschliesst. Traumwandelnd scheinst du dir und bist doch in die wahrste Wirklichkeit gestossen, die Ist und die dich sanft umschliesst mit ihrem engelhaften Flügelschlagen. Holdselig, wer das Sein ermisst in seinem Sich-Ermessen; begeistert, wem die Geistwelt mehr ist als ein Kuriosum kuriosen Denkens im vermenschlichten Gemüt. Nur, dass Ich Bin ist wahr, darf sich ein jeder sagen und wird in diesem Sinn beglückt von dannen ziehn. Wer sich den Stein der Weisen zu gewinnen aufmacht, hat ihn schon gefunden im erhabnen Herzgefühl und darf ihn allerorten mit sich tragen.

3.13

Reinheit, Klarheit und Gediegenheit in Mir, dem Ich nun selber immerzu gehöre. Geteuft in Meiner Anmut Becken, Bin Ich der Getaufte Meiner selbst in überirdischer Gefassheit und in namenlosem Strahlen. Un-Sinn ist, was du dir selber offenbar erklärst; sinngeladen stehn die überird'schen Dinge nur vor dem, der sie erkennt in Meinen Regionen. Was im Weltlichen gekrümmt ist, kann hier auch gerade sein, was dich trifft, ist Meines Lauterseins Bestreben, dich dem Hochgemuten zuzuführen.

Wandle nicht auf Erden, ohne dich behutsam zu verwandeln in Mein Eigentum und Meine Stärke, ohne Rest und Aberwillen, wie sich's denn gehört. Verwandeln heisst, erkennen, dass die Dinge längelang so sind, wie Ich sie zugeschliffen habe. Widerstehn bringt nichts als Sorgen und konfuses Durcheinander in die Stuben, wo der Ehrgeiz und der Hochmut wohnen. Meide, was dich so betört und singe den Gesang der Auserwählten, denen nichts mehr mangelt an Holdseligkeit und Wonne in den Triften ihrer Ruh.

Was gekonnt ist, ist von Mir und zeitigt süsse Früchte am Gewächs der Weisheit, die ein Zeichen sind der Reife und des Wohlverstehns. Sorge trage zu den Schätzen, die aus Meinen übervollen Kammern zu dir quellen und dein Los bestimmen in Gediegenheit und Freude vor so viel gefasstem Trauerflor. Es wägen die Gestalten Meines Auferstehns ein jedes Wort in ihrem denkenden Befinden, eh sie's in die Welt entlassen zur Verderbnis oder zum dezenten Wohl. Wie leicht gelingt das Unterscheiden, wenn Bewusstheit mit im Spiel und immanentes Überschauen.

Graziös geht, was Ich intoniere, seines Wegs dahin, das Schöne zu verbreiten. Lichtvoll und gediegen sind die Weisungen aus Meinem Herzbefehl im Sich-Verbreiten in die Weiten für und für. Das Alphabet der Lust am Sein ist auch für dich geschrieben, wenn du's fassen kannst in deiner Art, dich aufzuführen. Wissen wird erst sinnvoll in der Tat, und Tun soll redlich sein in jedem Unterfangen. Weiche nicht vom Pfad, der gradewegs in Meine Scheunen führt der Fülle im Vereinen mit dem Absoluten Guten und Gerechten, traut und schön. Ich Bin das Mass in Deiner Dinge überfliessender Gebärde und gestalte und verwalte, was du bist zu deinem Seinsbehagen.

Hochbegabt Bin Ich in deinem Dich-in-Mir-Begründen, wie in deiner Weise, das Allherrliche allein in Mir zu schauen.

3.14

Wir geben acht und achten auf uns selbst in einer Weise, die vom Himmel her gesehn so wirkt, als hätten wir uns allesamt dem Lächerlichen preisgegeben. Gegen bessre Einsicht pflegen wir das Rustikale, wenn es heisst, das sei gediegen; wir verammeln uns vor Flimmerkästen und erwarten stundenlang, was niemals eintrifft: Echtheit über das, was wir im Tiefsten sind, denn die lässt sich nur in der Stille des Gemüts vom Überirdischen erfahren.

Nun denn, wohin sich noch verlieren, wenn dich Meine Stimme ruft; weshalb auf schlechten Wegen dir die Zeit vertreiben, wenn doch soviele gute offen vor dir liegen. Seltsam, dass das Offenbare nicht erkannt wird oder nicht begehrt von der Gemeinschaftsseligkeit der Ignoranten. Bleich und blutlos wird ihr Seelensein von all dem Tand, den sie sich einverleiben. Was Ich meine ist, dass du das

Horchen pflegen sollst in vielerlei Belangen. Das Horchen auf den Wachtelschlag, das Innehalten vor dem Rascheln dann und wann des Laubs, wenn sich ein Rehlein durch den Wald bewegt. Es ist geduldiges Erlauschen der Gestimmtheit deines Herzens, das dich führt zu deinem Wohl. Eine Wende will Ich in dir intonieren vom Ergreifen dessen, was am Äusseren dich fasziniert, zum Achten auf das Innewohnende, von dem wir täglich kräftig zehren. Leis erklärend führt es uns die Werte des Lebendigseins vor Augen. Voller Sanftmut führt es uns zur Quelle reiner Freude am Erhabenen, das uns bewegt und dem wir eingeschrieben sind wie Lettern in das Buch der Weisheit, das die Götter mit sich tragen. Gemach, gemach verlangt es dich zu sagen: Noch wurde keine Stadt an einem Tag erbaut und so will ich mein Wesen schrittchenweise höhwärts tragen. Das ist recht und bieder und vielleicht auch vor den Augen des Geneigten schön. Doch nur die offne Herzensflamme kann den Sieg dir bringen über soviel stock- und steinige Gefahren. Im Bummeln holt uns das Verbummelte getreulich ein und hindert uns daran, das Anvisierte zu erreichen. Mut, Geduld und Himmelskräfte sind vonnöten für den Lauf ins ewige Gesunden, an dem wir alle sehnlich hangen.

Wähle, wirke, wache und gedeih in Meinem Sinne, ruf Ich dir von Weiten zu des seligen Erlebens wunderbarer Wirklichkeiten, die die deinen füglich lassen sein. Qualität des Denkens, Fühlens, Wollens send Ich zu den Meinen und vermenge Mich mit ihrem Sein zu dem, was Ist und nimmer wird verbleichen.

3.15

Mengenlehre ist von Mir wie Brot und Milch ein Nahrungszeichen. Ich verteile Mich in alles, was Ich Bin und bleibe doch das Ganze, dem Ich nicht entrinnen will und kann in wunderbarem Mich in Mir als Einheit fühlen. Sorge trag Ich zu Mir in den Meinen, dass kein Fehl sie trifft und dass sich ihre Illusionen sanfte lösen, wo sie noch bestehn. Es grüsst Mein Blick die Welt aus allem, was Ich Bin in ihren Banden und begeistert sich am Schönen, wo er's finden kann in seiner Akribie.

Gemessen am Verlust, den Ich in dieser Weise zu erleiden habe, überwiegt der Hochgewinn in solchem Masse, dass Ich nimmer anders wollte aus Mir gehn. Recht ist alles und Ich schreite aufrecht durch die Menge Meiner Taten, die so vieles aufgerichtet lassen stehn. Was Ich scheu vor Mir verhülle, ist noch längst nicht von Mir ungesehn und beschreibt Mich dauernd in den feinsten Zügen. Niemandsland Bin Ich für menschenfeste Wortgranaten, denen Ich gekonnt die Leere präsentier. Wer begreift, dass Ich von Mir Begriffe bilde, die sich tausendfach verdichten, bis sie als Phantom des Wirklichen vor aller Augen stehn. Wer schält den Schein zurück, bis er Mich findet in der letzten Bastion? Ich traue Mir in allen alles zu und Bin auf bestem Wege im Allmenschlichen Mich selber wieder zu verstehn. Es taut sich Meine Starre in die Frühlingszeit hinüber, wo die Blümchen der Vernunft und der Geselligkeit Triumphe feiern und die Triften der Natur den Würdigen Mein Antlitz präsentieren. Es lassen sich die Wälder sacht von Meinem Wind kurieren und die Lüfte führen sich Mein immanentes Glänzen zu Gemüt. So breitet sich das Sagenhafte, das Ich Bin in leisem Wogen über alle Lande hin als Feueräther wie als Inspirator guter Zeiten im Natürlichen, mit dem ich Mich in Wohl und Weh verbunden habe. Aufbruchstimmung pflanz Ich in die Seelen Meiner Huld und leite ihr Befinden ins Glückselige der reinen Gottnatur, die ihnen innewohnt und die sich will ins All der Dinge siegesfroh verteilen.

Achtest du auf was Ich Meine Achtung setzte, findest du dein Wohl in eminenten Zügen und gewährst dir und der Welt das Vorwärtsschreitende, auf das Ich soviel halte, dass kein Mühn Mich davon abhält, Meinen Tross ins überirdisch Heimische zu ziehn.

3.16

Hab Ich erreicht, was Ich erreichen wollte, Bin Ich nur noch Eines in der Einigkeit der Sphären. Das Seinslebendige triumphiert in schlichter und gerechter Weise über alles Illusorische in Meinem allbewussten Stil. In das Minikrime wie ins Überall gegossen schau Ich

Meiner Worte glorioses Auferstehn und bereite Mir das Wunder wundervollen Freiseins im Gespür.

Weder Linkes, Rechtes, noch Gemässigtes ist hier vorhanden; homogene Harmonie begegnet Meinem wissenden Gewahren weit und breit und fördert das Gefühl des schwebeleichten Wohlseins mehr und mehr. Im Lichten weben alle Wesen an den Idealen ihrer Zunft und reichen eins zum anderen in Wohlgesonnenheit hinüber. Liebevolles Sich-Ergänzen prägt voll Herzlichkeit die Götterszenerie, die Mich durchpulst und Meines Pulsens Stätte ist in redlicher Gewandtheit; wie in ehrfurchtsvollem Ahnen. Die Gesetze Meines Seins sind himmlischer Natur, wie sie's schon immer waren, nur dass Ich sie erkenne in der Heilsgeschichte, die Mein Sinnen nun bewegt. Zartes Weistum wogt in leis bewegtem Gleiten durch die Räume Meines weilenden Genesens an Mir selbst. In ruherfülltem Streben trage Ich Mein Teil am hochgewölbten Denkgebäude, das Allweiten überzieht. Macht der Mächtigen wird hier in Minne dargeboten; Wohlverstand fügt sich zu Wohlverstehn in seinsperfekter Weise, ohne dass nur eines sich dem andern widersetzte in der gleichgezognen Spur. Vielgewandt und nie verdorben sind die Hüter der Gerechtigkeit in diesen Zonen freien Her- und Hins; bewegten Staunens nehmen sie die Vielfalt wahr, die sie umströmt und der sie sich bewusst verströmen.

Glaubenseifer ist hier nicht vonnöten, weil Erkennen jede Menge Rätsel löst im Traulichen, dem alles sich verbündet und verbrieft im selben Herzensschlagen. Eins ist Eins und heisst Geschwisterschaft in höchster Harmonie des Sich-Ertragens und -Befeuerns und -Verstehns. Geduldsam und Gediegen sind die Wirkenden in diesem Maienfest des ewigen Erblühns.

3.17

Wo Ich Mich im Bewusstsein auch befinde, Bin Ich Mir das ES in grossgeschriebnen Lettern, wie im augenblicklichen Erfüllen dessen, was Ich Mir erschaue. Im Begründen Meiner Allpräsenz erweck Ich ein begeistert Echo auf Mein Rufen, im Errichten des Erhabenen befrei Ich Mich von allen Schlacken Meines in Mir Brodelns und gewahre Reinheit weit und breit und Heil und Heiterkeit in liebelichter Wende. Stärker noch als jede andre Kraft ist Meine in Mich eingeschrieben und befähigt Mich allein der Schaltende und Waltende zu sein im letzten Brausen. So erweist sich Meine Gegenwart als Segen für das Ganze Meiner Diktatur und weist ein jede Selbstgefälligkeit in Schranken, die Ich dann nimmer an Mir seh.

Woran erkennst du Meine Nähe, Mein Begleiten und in dir Mein Weh? An dem Unvermögen, dich in deine eignen Wände einzuschliessen, wie der Sehnsucht, immer weiter noch zu gehn. Nur das Unendliche erfüllt, was Ich in deine Wesenheit hineigezaubert habe; nur der Ursprung bringt der Quelle jenen Trost, der keines weiteren bedarf, es sei denn, das Sich-aus-sich-selbst-Verlieren tröste den verlornen Sohn auf seinen Runden. Weihung schützt und nützt der Einsicht, dass Ich Bin und alles in Mir wirk und webe.

Andacht vor Mir selber trag Ich in den Herzen Meiner Treuen und bewahre sie vorm Aufruhr der Gefühle, wenn sie sich vertrauensvoll Mir nahn. Trennung gibt es nicht in Meinem offenen System der Wiederkunft, das Ich Mir eingerichtet habe. Nur Umfangen und Erlangen ist Mein Ziel. Das Verbindende pflanzt sich befeuernd fort von steigender Oase zu Oase, von Geschlechtern zu Geschlecht im Windspiel der Äonen. Alle Zwischenräume füll Ich aus mit Meinem Mich-im-All-Gewahren, jeden Lauf der Sterne zieh Ich noch in Meinen Schoss, das Fernste in Mir zu bewahren. Nichts zerrinnt, dem Ich nicht Meiner Meere Überfluss bereitet habe; nichts ist Meiner würdig, das sich noch ein eigensüchtiges Bewusstsein leistet in der Daseinskür.

Meng dich in den Raum des Mangels, den Ich von dir spüre, komm zurück ins grandiose Mich-Ergänzen, wo du stehst und gehst und wo dein Sein in Meins sich drängt, die letzte Wonne zu erfahren.

3.18

Die Grossen tragen sich ins Buch der Weisheit ein, indem sie seinsbeständig ihren Zweck verfolgen. Kein Gesäusel und kein Sturm kann sie bewegen, anders als sich selbst zu sein im Ringen um Gerechtigkeit und Güte, Zielbewusstheit und Wahrhaftigkeit bedeutsam vor sich hin. So bewahre Ich Mein blitzendes Juwel, das Ich Mir Bin in Treu und Glauben, Selbstvertrauen und Besonnenheit für alle Zeiten. Lächelnd geh Ich fürbass auf den Wegen Meines Mich-Verwandelns in ein strahlendes Idol; unbescholten zieh Ich Meine Kreise im Unendlichen, derweil Ich Meine Füsse setze auf den Staub der Welten, die Ich Mir zum Seien auserkor. Bewegt und unbewegt zugleich, verweile Ich im Guten Meines inspirierenden Gewaltens und gewähre Mir die Lust am Handwerk, das Ich in die Weiten sä.

Seinserhoben ist die Ausschau nach Mir selbst im zarten Glücksempfinden, das Ich in Mir spüre und im Bogen der Behutsamkeit mit dem vereine, was Ich als die Einheit Bin des Überall und Nirgends in dezenter Harmonie. Von absolutem Freisein und von Losgelöstheit darf Ich reden ohne Scham und Selbstbetrügen. Vom liebevollen Mich-Verwenden für die Sphären, die Ich in Mir schuf, ergeht ein Segnen und Behüten Meiner Angelegenheiten sondergleichen, das in Zeichen und in Zeiten ihren Ausdruck findet wunderbar.

Ein hoffendes Geschlecht erzieh Ich Mir im Grünen Meiner sprossenden Präsenz und lasse Wärme, Licht und Güte walten wo Ich Bin im hundertsten und tausendsten Verbreiten.

Gladiatorenkämpfe hab nicht Ich erfunden, der in Sanftmut seine Kreise dirigiert und das Weltgeschehn im Tanze leistet, leichthin und gediegen. Wahrhaftige Schönheit giesst sich nicht ins Muskelspiel, sie Ist in Anmut, Grazie und Wohlbefinden eine Hüterin der Flamme reinen Seinsverspielens. Nicht umsonst geh Ich die Reihen ab der Treuen auf dem Platz des himmlischen Gewährens und verteile Noten und Gewänder an die Regenbogenfarbenskala Meines Estimierens.

3.19

Gewohnheitsrecht muss auch in Mir errungen werden im Prozess der Läuterung, den Ich behutsam in Mir impulsiere. Kein Wesen kann sein Licht in sich gebären und erhalten, ohne dauerndes Bemühn um Klarheit und Entschiedenheit in seiner Weise, mit den Lebensdingen umzugehn. Dagegen sträuben sich die Kräfte des Verneinens vehement und müssen schrittweis überwunden werden. Strebende und Webende im Sinn der Menschengüte und der gottgewollten Ordnung können Meiner Hilfe sicher sein, die wie ein Feuer aus den Höhen in sie schiesst und sie erleuchtet, dass sie Meines Willens Wucht in sich erkennen und erkennend tun. Zu beneiden sind die Gläubigen an Meinem Thron, die unbeirrt den Dienst an Meinem Werk versehn der Eintracht unter soviel Grundverschiedenheiten. Sie zünden an Mein Licht der schönen Menschlichkeit auf den Altären der Vernunft und des vernünftigen Handelns in der Morgenröte Meines Auferstehns; sie sind die Hüter der Kultur in allen Graden des Erblühns und jeder Weise, Meiner Anmut Innewohnen vor dem Weltblick kundzutun. Gezähmte sind sie des sich selbst Gebietens und Gewürdigte, in Meinem Sein das ihre zu entfalten als ein Fest der Einheit und des Miteinandergehns. Es tragen sich die Lichter fort und fort, die die Gerechten in der Welt entzünden; sie glühen und versprühen ihren Wohllaut in den Herzen derer, die da suchend durch die Tage ihrer Sendung gehn. In ihrem Fortschritt ist der Schritt ins Ewige verborgen; die letzte, beste ihrer Runden wird sich unbedingt in Meine Rundung ziehn und einen langen Gang ins Abergründige in Mir beschliessen. Am Ende kann es nur noch *eine* Sendung geben: Die von Mir zu Mir im vollbrachten Seinserkennen, das hindurchbricht in die Sphären Meiner schaffenden Magie und Mich gewähren lässt als Imperator und Beherrscher aller Dinge, die da sind von Mir.

Ich Bin die Eins und Bin die Nullen, die dahinter stehn, um Mich zu stützen und dem Sein zu nützen in der Glorie des allerbauenden Elans; Ich wandle Meinen Wandel immerfort zum Guten und beweise Mich in Meines Strahlens Farbensymphonie.

3.20

Ich Bin die erst- und letzte aller Wirklichkeiten, Bin Mir selbst das zündende Idol der Freiheit, alles zu erschliessen. Alles, was aus Mir hervorgeht Ist in Mir; jede Regung des Gewissens eines Wesens ist die Meine und gewinnt in diesem Sinne majestätsche Dimensionen, nicht zu reden von der Wucht der Kräfte, die Ich in ihm schrankenlos entfesseln kann. Meine Zierde sind die Häupter der Gerechten, Meine Schmach die Unbill, die Ich ins Gedeihen setze, um Mich selbst zu Mir zurückzutreiben ins Gedankenlose, Seinserhabne, ohne Wenn und Aber, in glückseliger Harmonie.

Ursubstanz in stetem Mich verbluten, bleibt Mir doch gesegnet Meiner Fülle Schoss und gewährt den Recken Meiner Künste voll das zu Gewährende, solang sie sich an Meine Fülle halten. Heimlichkeit ist nicht vonnöten, wo Ich immer strahlend Mich in Szene setze, teufend Meine Prägung in der Welten wachsene Struktur. Auf Schritt und Tritt Bin Ich im Lebensraum zu sehn, wenn nur die Augen offen sind der Schauenden in liebevollem Seinsbetrachten. Ich trage, merze aus und integriere, um den Lauf der Dinge unentwegt voranzutreiben; Ich schufte, wo geschuftet wird, das Soll der Mächtigen zu erfüllen, die unbewusst im Sold noch Mächtigerer stehn. Das Amen ist allein in Mich geschrieben und vollzieht sich in den Sphären Meiner unerschütterlichen Ruh im Reinen. Jederzeit ins Jetzt des Seinsnatürlichen erheb Ich Mich, wo eine Seele, Trost erbittend, vor der eignen Würde steht. Im hinter sich Verlassen jeder Schicklichkeit, gewährt sie sich den Frieden und benennt ihr Sein mit dem, was es in Wahrheit ist, dem Überragenden, dem heilsgeschichtlich Immanenten und Bezwinger jeder bittern Qual.

Ins Lichte, Heitre, Sphärenhafte vorgestossen, heisst sie sich am eignen Hof willkommen, als von Mir Gesandte, Meinem Seien zu; als Brünstige der Seinsgelehrsamkeit legt sie sich sanft an Meiner Seite Wohl, das ihre auszukosten. Bezaubernd und gediegen Bin Ich noch in jeder Geste Meiner Allerhabenheit, sowie Ich Mich Mir selbst nicht mehr entfremde. Hab Ich Mich in dir für's Lautere und Treue fest entschieden, öffnen sich die Schleusen Meines überbordenden Verschenkens sagenhafter Kostbarkeiten, die überwallen den Gerechten Meiner Huld, ihm unermessne Wonnen zu bereiten.

Was Ich Bin, verdanke Ich den eignen Zügen in der Freiheit Meiner Kür. Zur Seinsgelassenheit berufen, ruf Ich alles an, nach Mir zu streben und in Mir zu leben, um den Wohllaut Meiner Freundlichkeit im Ewigen zu spüren.

4

Liebe zum Lebendigen

4.1

Dich selber finden heisst, Mir alle Ehr erweisen in der Stille der Bescheidenheit und des Verzichts auf deine Güter. Was gehört dir denn in deinem Wähnen? Nichts, was du nicht lassen musst zugunsten andrer, die denselben Makel an sich tragen. Hast du je bedacht, wie unnütz sich dein Kampf um Macht, um Ruhm, Besitz und langes Leben anlässt, wenn doch nichts dir je gehören kann, was an die Erdenkraft gebunden. Lass los darum, wieviel du immer hast an trügerischen Gnaden und entfremde dich dem Fremden, das du an dir trägst, um schliesslich Mich als dich zu finden im Erkennen deiner wahren Wesensgründe hier.

Wohin Verlockung dich gezogen - wende dich und spüre Meines Atems Unersetzlichkeit im Hürdenlauf der Zeiten. Gross und reich kann nur das Eine sein, das alles in sich trägt und zur Vollendung führt in unnachahmlichem Behüten. Meiner Stätte weise deinen Schritt entgegen und erschreite dir die Wucht des Einklangs mit der grossen Glocke in des Lebens Dom. Springe, jauchze, singe vor Mir her das Hochgebet des Freiseins von den Seinsallüren, die dich haufenweis bedrängten, so im Denken, Fühlen und Gewissen, wie im Buchstabieren deiner Taten vor dich hin. Zeichne Anteilscheine an den Kräften Meines Dich-Beglückens mit Wahrhaftigkeit und Tugendhaftigkeit in deinem Streben. Nichts mehr sein zu wollen sei die blühende Devise deiner Gegensätzlichkeiten, dass sie sich ins Eine heben Meiner seligmachenden Manier zu sein im vollen Equilibrium der Dinge Meines Mich-Entfaltens.

Lächerlich mag dir so vieles noch erscheinen, was Ich dir besage, wenn du es besiehst mit deiner stumpfen Weisheit und dem Drang, Vernunft in deiner Welt zu etablieren. Im Erkennen erst wirst du den Schlüssel finden zum Geheimnis Meiner Sagenhaftigkeit in dir. Gestehe, dass du von nichts weisst, was Mich betrifft in deinem Dich-Begründen und befreie dich im höchsten Freisein auch von Mir.

4.2

Was anderes sind Krankheit, Angst und Not, als Führer in Mein Reich der hunderttausend Gnaden. Wie Blätter sterbe Ich im Menschenvolk dahin, um Mich in ewigem Frühlingsspriessen in ihm wieder zu erneu'n. Was Ich in *diesem* Meiner Wesen nicht vollendet habe, vollende Ich in jenem. Ständig geht ein Anfang des Entfaltens von Mir aus, um sich in immerwährendem Erfüllen in Mein Ende zu ergiessen. Arm und reich und karg und edel sind Gefährten in der Seinsstruktur, die Ich Mir hier erworben. Sinn und Unsinn stösst sich in Mir an, um Meine Schöpferkräfte zu beleben. Bring Ich Mir in kühlen Regionen puren Intellekt entgegen, fühle Ich in warmen Mein Gemüt ins vielerlei der Temperamente schiessen. Alle Völkerschaften nehm Ich wahr als Ausdruck Meines Wallens so und so ins menschliche Vergüten.

Meine Form ist Formung von so vielerlei Gestalten wie da Wesen sind im Reich der Räume um Mich her. Zuwiderhandeln gibt es in Mir nicht, weil alles Meiner Einzigartigkeit entspringt im weisen Vor-Mir-selber-Mich-Verneigen. Hebt sich eine Welle, muss die andre niedergehn; teuft sich in den Erdenplan ein Tal, muss gleich daneben auch ein Berg erstehn in millionenlangem Heben. Meine Reise ist in jeder Phase wohlbedacht und in sich schön. Mir ist für jedes Weh ein Kraut gewachsen; aus jeder Minderung zieh Ich sogleich den Aufschwung, der geschwisterlich mit ihr einhergeht, Meinem Sachverstand entgegen. Färbt etwas ab, so färbts das andre an und weitet sein Befinden, nur, dass Mein Sein im Strömen sich erhalte und Vergängliches dem Unvergänglichen entgegenstrebe. Denn, was aus Mir hervorgeht, muss sich auch in Mir vollenden; was gegeben ist, muss auch genommen werden bis zum letzten Heller und zur letzten Bastion, die allesamt von Mir und in Mir sind als Zeichen Meiner Unerschöpflichkeit im Mich-Begründen.

Wahren Wägens Mitte braucht sich seiner Inbrunst nicht zu schämen; wahres Seligsein ist immer da, wo sich Erkenntnis Meiner selbst ereignet im erhabnen Weltgeschehn.

4.3

Selbstredend Bin Ich, wenn die Triebe schweigen und die Muse gleitet leichthin über die Gefilde Meines strahlenden Bewusstseins, ihren Nennwert zu versprühn. Weisen spricht sie Weisheit zu, Verspielten reiht sie sich ins Spiel und mehrt ihr köstliches Verwundern um die Kapriolen, die sie ins Erscheinen zieht.

Glaubst du, dass dein Ernst im Ernste Rückhalt findet in den Sphären Meiner Ruh? Hast du schon begriffen, dass das Intellektuelle sich im Nu verheddert, wenn es darum geht, Mein Sosein zu begreifen? Schalk und Schärfe Bin Ich unvermittelt dem, der Meine Züge packen will in sein Hofieren vor den Wissenschaftlichen im Zeitvergeuden; Undank magst du von Mir spüren, wenn dein Wünschen sich ins Gegenteil von dem verkehrt, was du als gut erachtest für dein maledettes Streben. Binden mach Ich los und Lösungsmittel binde Ich an den, der ihnen nachsinnt in Behäbigkeit und leisem Aufruhr der Gefühle vor dem Noch-nicht-ganz-Gelösten seiner lebensmathematischen Willkür. Verträglichkeit -posaue Ich ins Horn- sollst du erwerben mit den Dingen deines tastenden Einhergehns durch das Milieu der Zeiten. Was dir anhängt, hast du selber produziert und nur, was du vergissest, gibt dir deinen Platz zurück im Sein der Sphären, das in zeichenlosem Seligsein sich selbst betrachtet und erlebt.

Bahnbrecher wie Banausen passen schlecht ins Bild der eloquenten Seinsgefälligkeit, in deren Schutz Ich Mich verzogen habe. Nur das Eine kann so sein wie Ich Mir Bin und ohne Anstoss zu erregen; denn Geteiltes muss doch messen und verhächeln und am Unwahrscheinlichsten vergehn. Trägst du dir den Zug der Reinheit von Besonderheiten vor's Gewissen, bist du Mir ganz nah und darfst den Hauch der Bruderschaft verspüren, der von Meinem Odem ausgeht in die Weltenbünde und die Wesen Meines seinsharmonischen Beglückens, immerdar.

4.4

Spürst du den Wind der Sagenhaftigkeit in deinen Zweigen; gewinnst du Achtung vor dem Mahl, das Ich dir unentwegt verehre? Und mag es bitter sein zuweilen, die Süsse klingt ihm nach in wundersamen Bröcklein von Vollkommenheiten, die Ich dir gern gewähre, als Dank fürs Wohlverhalten Mir im Sinn des Seins zuliebe, das ein andres ist, als es die meisten von sich meinen. Du aber weisst dem Wandelbaren treu zu sein in jeder Not und prallen Fülle, die von Mir dich fallen an, Beständigkeit zu schulen. Langmut, Sanftmut, Stärke, Einsicht und Bescheiden sind noch immer Wege gradewegs zu Mir in deinem vielgewohnten Schreiten, den Unendlichkeiten zu.

Hüte, was Ich Bin in deiner Wachsamkeit vor Feindesohren, wie vor unbedachten Äusserungen in der Ruhmestat des Schweigens mitten im Geplätscher vieler Stimmen, die das Kleinliche besagen. Geist vom Geist soll aus dir strömen, lebelang und lebensvoll aus vollem Born im Kraftverteilen an die Bittenden um mehr an Klarheit über sich und ihr erstaunenswertes Weltbegreifen. Deine Lage ist die Meine, sage Ich, sowie du dich dem Leben hingibst, das Ich Bin in unbedingtem Selbstvertrauen und in Willfahrt vor dem Einen, das in dir die Wimpel flattern lässt der Innovation und des beglückenden Entscheidens.

Meine Machart ist der Stich ins reine Seinsvollenden, aus dessen schillerndem Gewebe Ich die Hüllen zieh für jegliches Bekleiden. Gewandtes will Ich mit dem Purpurrot des Sachverstands begaben; Beschauliches mit lindengrün und An-das-Ewige-Vergebenes mit dem Azur des Sehnens nach Erhabenheit und Frieden. Was immer dich begleitet ist ein Zeichen Meiner Huld, wie dem des Fortschritts deinerseits im Werdegang der Zeiten. Biedre dich Mir an, wie sonst zu biedern du dir nimmermehr gestatten solltest. Wecke deine Äuglein mit dem Wasser der Verklärung deines Sinnens und besänftige dein Wollen, bis es allein das Eine will, das Ich Mir Bin in unermesslichem Erlaben.

4.5

Was du lebelang erfahren, hängt dir in den Welten an des Übergangs und des Verweilens. Willst du einen Wunsch verhöckern, lacht er schweigend dir ins Angesicht und verweigert dir Erfüllen. Mählich baust du das Begehren ab und glättest die Gefühle, die vordem so hochgeworfne Wellen schlugen.

Willst du das Erwähnte jetzt schon tun, so reich Ich dir Erkennen ins Gewissen und Verwandlung deines Menschseins in ein glückbegleitetes Im-Wesenhaften-Ruhn. Du traust dich, Mir allein zu trauen in der Seinsphilosophie, die deinen Lebensweg getroffen. Du amtest, nichts als Meine Ämter zu erfüllen und bestehst darauf, in Meinen Stapfen durch den starren Wald zu gehn. Lächeln ist dein Trost von Meinen Gnaden; immerwährendes Vergnügtsein deines Herzens Inbegriff im dankenden Verstehn und Lauterkeit dein Wesens bester Zug, der dich ins ungewisse Meiner Sendung führt im wundervollen Seinsverführen. Deiner Labung Stärke Bin Ich in der weihevollen Weise Meines Dich-Behütens auf der langgedehnten Wandrung in Mein Ziel. Kein Bedenken, kein Versenken lass Ich zu, wenn Meines Augenblicks Erfüllen sich enthüllt und das Verheissene dich übersprudelt, wonnespendend und aufs äusserste gediegen.

Merke dir den Spruch: „Es kann nur im Unendlichen wahrhaftig weitergehn". Mein Teil ist schon bereit zum Überwinden der Blockaden, du brauchst nur noch den deinen hinzugeben, damit das ganze Meines Willens sich erfülle und Beständigkeit sich füge zum Erreichen, wie die Lust, im Spiel den allergrössten Einsatz wieder zu verlieren. Emotionen kenn Ich nicht im Wechselbad der Zeiten; Transzendenz ist Mir ein Greuel, wo Ich jede feinste Regung unvermittelt vor Mir seh. Frei im Wachsen, festgezurrt im Stillestehn Bin Ich Mir selbst das Beispiel dessen, was zu tun ist in der Spanne des Verfügens über die gegebnen Kräfte, wie im Willen, das Allweite weitergehend zu verstehn.

Blick auf und hebe deine Augen zu den Sternen, wo der Ewigkeiten Schauer dich durchweht.

4.6

Jede Meiner Zellen ist mit Meiner Meisterschaft begabt des Schaffens neuer Angelegenheiten. Pure Lust am modulieren ihrer Kräfte führt sie zum gestaltenden Elan, dem Wunderdinge frank und frei entspriessen. Erleben, was da wird, bringt Freude in die namenlosen, zeitenlosen Mitbegründer Meines kosmologischen Bedeutens und erweist sich als Beförd'rer weitrer Ruhmestaten. Gross von Anbeginn und fähig, neue Grösse zu verkünden, sind Meine Fähigkeiten ohne Zahl im Labor Meines Seinsgewissens. Ganze Werte lass Ich vor die Nullen sich postieren, die vermehrend, potenzierend wirken im Geschäft der Vielfalt, das Ich neuerdings und alterdings betreibe. Vor Mir lass Ich alle Leinen los des Welterschaffens aus der Fülle Meines Könnens, Wollens und Begütens durch den Aberwitz der Werdezeiten, den Ich ans Vollkommne lege. Es geschieht noch immer, dass die Strebenden sich Meinem Ideal vergleichen im kühnen Sterngriff, den sie sich erringen. Wirke du beizeiten so, dass kein Verzögern eintritt in den vorgegebenen Terminen, denn so Komplexes wie Ich Bin kann nicht an allen Eck- und Enden warten, bis die Säumigen zuletzt noch reagieren. Da heisst es dann: „Die Tore sind geschlossen, les jeux sont faits" in grossen Lettern vor der Ignoranz, die sich zum Unerlösten siedelt, um im Weltgebäude als Phantom der Herrlichkeiten still zu stehn. Nur das Vorwärtsdrängende kommt wirklich an und schmiegt sich in Mein Sein der hunderttausend Gnaden und Begünstigungen in der Weisheit Meines Mich-Verteilens.

Well an Welle gleitet so beglückt in Meine Ruh und sonnt sich in der Fülle Meines Strahlens. Unvergänglichkeit wird wahr in Meinen Gründen und unendliche Behut-samkeit im intonieren neuer Lieder wird als Soll empfunden von den Bürgen Meiner Räume in der Sphärenharmonie. Lust und Unlust weichen dem Gesetz des Seligkeit-Empfindens, das hier waltend seine segensvollen Flügel reckt und das die Mir-Vertrauten noch so gern befolgen. Sein im Sein, erfahren sie sich als Erwählte und Gestählte für die Wiederkunft der absoluten Herrlichkeit im Jubel der Posaunen und im

Glanz der letzten Heilgewordenen, vor Meinem Thron. Die Kraft zur Demut hat sie hergeführt aus ihren Landen des Verlorenseins in hundert lose Dinglichkeiten; Weisheit des Agierens war die Schwinge ihres Hochflugs zum Alleinen, das Ich Bin in Würde, Wahrheit und Vereinen.

Wachsamkeit und Weitsicht sind vonnöten, um die Prüfung zu bestehn und die Schwellenhöhe zu bestei-gen, die in Meine Reiche führt des unerhörten Über-aller-Sehnsucht-Weilens, wie des In-der-Wonne-der-Erhabe-nen-Beruhns.

4.7

Im Glück der Stunde ruf Ich dir des Himmels Offenbarung ins Gewissen, die befreiend und befruchtend dir Geselligkeit erweisen soll der feinsten Art im Artverteilen. Nicht simpel soll sie sein, noch hochgelahrt, doch wie die Weide schmiegsam, biegsam im Erteilen einer Lektion voll Ebenmass und Frische, voller Liebenswürdigkeit und Leichtigkeit im Hüpfen, Tanzen, Singen und Verwehn. Den Sternen abgeguckt soll sein, was Ich voll Verve und Heiterkeit vor dein Besinnen trage und beständig modeliere, dass es reizvoll bleibt, entzückend und gediegen.

Sinn taucht auf, den Un-Sinn zu bezeugen, makelloses Wortparieren, um die Stimmung zwischen Faszination und Kritik zu entfachen, die allein ins weitere Betrachten führt der Schöpfungsangelegenheiten. Kürze du den Schmelz, der liegt im Fabulieren und er wird dir weh tun wie Entzug der Droge, die sich breit macht im Gemüt. Fallen- und Gefallenlassen sind doch recht verschiedne Brüder vor dem mählichen Entscheid, der dich beseelen soll und will im Unterscheiden.

Wer sich auf die Wildbahn traut, wird nach mancher schönen Geiss auch Böcke schiessen ohne Scham und wird nach neuen Abenteuern Ausschau halten, allsobald, wie ihn die alten nicht mehr kujonieren. Immer will er den Beweis erbringen für sein Können, seine Trefflichkeit und seinen Seinselan, derweil Ich lächelnd ihn begleite. Ich behüte seinen Eifer in der grenzenlosen Utopie, in die er sich hineinbegeben. Wird er wankend, steh Ich grad in seinen Gründen, unvernünftig, spiele Ich Vernunft ihm zu und übertrage, was Ich Bin auf seinen Trieb, sich eine fette Pfründe anzumassen. Hütest du noch Illusionen, darf Ich dir schon raten, ihnen ihren Eigenwert zu nehmen im Durchschauen dessen, was du dir so gern gewährst an lockenden Bequemlichkeiten, wie an fixen Fakten, denen nie zu trauen ist im trauten Kreis der Dinge deiner Wahl. Wirklichkeit ist nur in Mir gegeben, und Wahrhaftigkeit entspringt der Suche nach dem Wahren, das Ich Bin in friederfüllendem Vorübergehn.

4.8

Im Göttergarten ziehn die Düfte allgemeinen Wohls in alle Fernen Meiner Ich-Natur. Nicht Heben, Streben, Dulden, Schulden muss Ich in den Sphären des beglückten Miteinandergehns, wo doch die Lage einer Aussicht gleicht von unverwandelbarer Schöne. Gleich dem Schwan, dem weissgefiederten Poeten, gleitest du durch Räume unnachahmlichen Entzückens und begreifst dich als ein losgelöster Weltentröster in der Morgenruh. Als Gereifter an die Stätte des Beschauens aller Herrlichkeit der Überzeit gewiesen, traust du dir zu atmen wie ein Fürst in seinen Gauen und geniessest, was sich dir an Wohlgeborgenheit im Seinsbezug ergibt. Schön der Minne nach, die dich umspielt, begreifst du deiner Würde Anstand im Empfangen des Holdseligkeitsgeflüsters rings umher. Es halten dich die Gaben himmlischer Genügsamkeit behutsam in der Schwebe zwischen Licht und Grazie, die dir zu Diensten sind in immerwährendem Gedulden, wie in Treue, Ruh und friedefertigem Sich-Verspielen. Bist du - sei es jetzt und immerzu, gewandt und in die Kleider der Bezeichneten gewandet, die da sind die Schleier reiner Helle in den Silberlüften Meiner Höh.

Wirklich gut ist nur, was *Ich* an Güte ins Bewusstsein Meiner Welten trage. Wirklich eben sind nur *Meine* Fliesen, spiegelblank gescheuert und dem Elfenvolk zum Tanze dargelegt, dass es sich in holdseliger Bescheidenheit um eine Mitte drehe von Vergnügtsein und Behagen.

Was immer Meiner Absicht, unbeschwert zu sein, entgegenkommt, kann Ich zum Feste der Begeisterung laden, das Ich Mir in tiefsten Gründen Bin im Mich Erforschen. Grossmut steckt dahinter ebenso wie grosse Liebe zum Lebendigen, das Mir entströmt und das Ich in die Schalen göttlichen Behütens fasse, schlummerlos ob seinem Schlummer, pausenlos ob seinem seins-autistischen Pausieren.

Merkmal Meiner Güte sind: Bescheiden und Geduld in jeder Weise des Dahinterstehns und in der Art des Grandiosen, das Ich Meinem Wesen schuldig Bin im Weistum der Äonen.

4.9

Glücksmomente haben die Tendenz, sich mählich wieder weg ins Unbewusste zu verziehn, wo sie weiterschwingend ihren Schwung ins Unermessliche verströmen. Gehst du ihnen nach, so wanderst du auf Meinen Spuren, der Ich Sammler Bin des weltgeschichtlichen Geschehns in jedem noch so feinen Detail des Geniessens und Negierens, des Missdeutens und Verstehns. Wie schön wird deine Reise, wenn du den Aufwall reiner Wonne spürst, der das Unendliche ziert, in das er sich geschrieben; wenn sich Hall und Widerhall erblühter Heiterkeit verbreitet in dein lauschendes Gewissen und der Wirkkreis allen selignachenden Geschehens dich durchwallt in wundersamem Glänzen. Von hier ein leiser, leichter Schritt ist's, in die Glorie des Seins zu steigen, wo das Freie, Feine ewiglichen Duftens dich umschwebt und deine einzige Gestalt ist Lichtheit sondergleichen. Wie fasst dich da ein Jubel an im Dom der lächelnden Präsenz des Guten, wie segensreich sind die Bezüge zu den Wesen deines Innewohnens in der absoluten Stille und Gestilltheit deiner Seinsnatur. Es strömen Kräfte, dich befeuernd und begeisternd hin und wider; von schönen Seelen rings umhüllt, siehst du die Grazie des Himmels, die dir eigen und gewinnst von ihrer Würde, wie vom Austausch wesenhaften Sinnens, was dir frommt in all so süss empfundnem Wehn. In der Daseinsliebe hab Ich das erfunden, was den Wesen Meines Mich-Verflutens wohl bekommt und sie zum

Rechten führt in ihrem Immerzu-Geführtsein durch den Schwall der Inkarnationen. Meinem Ernste ist es zuzuschreiben, dass im Weltall nichts verlorengeht an Seinserfahren, das ein stetes Wachsen ist zu Mir und zur Beseligung der Sterne, die von Mir ein Zeichen.

Lass das Wunderbare dir zu Herzen gehn, das Ich dir leisen Tons besage und vertrau auf die Gebärde des Vertrauens, die Ich um dich leg, um deine Wissenschaft voll Sanftmut Meiner anzugleichen. Komm in Meiner Gründe Saal in deinem Dich-Begründen und sei hoch willkommen im Bewusstsein deiner Hoheit als von Mir gegeben und besonnt in strömendem Behüten.

4.10

Jeder treibt sein Handwerk vehement voran, dass er sich von ihm Beachtung, Reingewinn, Genuss und Sicherheit erwerbe. Wer möchte nicht vom Glanze seiner Taten reich besonnt sein in der Sonnenstube der Verführung zu noch mehr und mehr. Einmal muss die Seifenblase platzen ob der Prunksucht, die ihr innewohnt im Glanzverspielen. Unrast stösst zu Unrast, Emsigkeit zu Emsigkeit und Not zu Not im Rad der Wiederkehr der Wünschbarkeiten, bis die Einsicht keimt des Unvermögens, allen Lebensdingen ihre Rechte zuzuschreiben, ohne noch in einem Wirbel von Geschäftigkeiten zu vergehn.

Fünkchenweise mag das Selbstbesinnen im Bewusstsein der geplagten und verplanten Wesen Meiner Absicht Vorschub leisten, Weisheit in die Welt zu sä'n, Genügsamkeit und innern Frieden mitten im Gezappel vieler Grillenfänger, die ihr wahres Jagdgebiet noch nicht gefunden haben, das Ich Bin für Zeiten und für Ewigkeiten in der Bruderschaft der Weisen, wie der Sterne in der Überschwänglichkeit des Nachtgeschmeides am verheissungsvollen Himmelsdom.

Nur auf Mich beginnt zu zählen, wer sich lang genug verzählte an den Scheinen, die das Leben bietet und die lockre Weltgewähr; denn was *Ich* biete, treibt die Schatten ungesäumt in ihre Winkel und verbreitet Wahrheit, Wachheit, Sinn und Himmelblauen. Das Verfemte reckt sich, streckt sich Mir vertrauensvoll entgegen und empfängt Gelassenheit und Minne Gottes Zug um Klimmzug in die Höhn. Wahre Wirksamkeit kann nur aus Meiner Kraftschatulle fliessen; Seinsbeständigkeit, Gelehrsamkeit und guter Wille sind die Attribute Meines Innewohnens in den Wesen des Erwachens zur bedingungslosen Gotteswahl.

Wild begonnen, mild und sanft ins Märchenbett gelegt, vollenden sich die Dinge der Erhabnen über Weltbegehr und Tücken, weil Ich ihr Berater und Beglücker Bin im folgerichtigen Schreiten. Macht in Mächten, Übermacht in jedem Kampfring, weiss Ich Mein Bedeuten unverblümt ins rechte Licht zu rücken, dass die Toren blinzelnd stillestehn im Wettlauf um den glänzenden Pokal, der Mir gehört noch eh Ich recht begonnen. Sachverstand und Güte paaren sich in Meiner Unbeschwertheit zum Agens glückseligen Beginnens, wie zum Elixier der Hoffnung auf vollenden Meiner Kür in Andacht und Bescheidenheit, wie im Behaupten eines Rechtes, das Mir selbstverständlich zusteht als dem Grössten offenbar.

Lieblich ist's, mit Mir zu kämpfen um den Sieg der Siege in der Seinsbravour, und Wohlgeborgenheit zu finden in den seinsgemässen Sphären überall, wo Liebe, Friede und Verständnis sich verbreiten.

4.11

Mit der Wucht, die Ewiges zu Ewigem führt im Unterweisen, trag Ich Mich dir an und bade dich und labe dich mit reiner Güte Meines Dich-Umsorgens, wunderbarerweise eingetaucht ins Weltgeschehn. Dich zu ermessen, Meiner zu vergessen, ist das einzige Ungemach, das dich betreffen könnte in der Seinsphilosophie, die Ich dir mitten auf den Weg geschrieben. Mond und Sterne, makellose Blüten, Erde, Feuer, Luft und Meer: Alles ist von Mir und in Mir Meines Daseins strahlende Wahrhaftigkeit; wie sollte da dein Leib, dein Blut, dein Hunger, dein Behagen, Seel und Geist und Witz und Unverstand nicht Mir allein gehören. Spitz die Öhrchen Meinem Wort: Ich Bin in dir das Wesen des gerechten Ausgleichs aller Illusionen, die sich die Gelahrten wie die Toren selbst verfertigen in ihren Wirbeln um ihr eigen Wohl, derweil sie Mich als Mittler aller Weisheit nirgends finden. Akzeptanz des Höchsten noch in jeder winzigen Redoute Meines Welterscheinens steht den Bürgen Meiner selbst wohl an und transponiert ihr Denken ins Erkennen Meiner seinsnatürlichen Gegebenheiten, hell und wunderbar. Ich liege vorn, wenn es um Ziele geht im evolutionenträchtigen Streben; Ich weiss Mir recht ergiebig dann zu helfen, wenn die Stürme des Verzweifelns Millionen Köpfe überwehn und wanke nicht im allbedrängensten Umfluten.

Hab *Ich* Mich in die Welt gesetzt, so gibt es nichts, was Meiner nicht gewürdigt wäre; Unheil wie Betroffenheit erweisen sich als Meines Wirkens Virulanz, Mein Allsein allen ins Gemüt zu führen; beständig will und will das Seinsgerechte aus den Dingen spriessen. Das Spiel des Kommens und Verwehns ist Meines Opfersinns Gehabe, um Mich selbst vom letzten Krachen in die Gloriole reinen Lichts zu führen, das Ich Bin seit Anbeginn der Zeiten.

Du im Du ist Ich im Ich der Invasion beherzten Überlegens, die Ich inszeniere, um den Sündenfall ins Unverwirklichte zu lösen und den Geistern ihren Wert zu zeigen, als von Mir gegeben und von Mir ins selige Gewahren der Unendlichkeit geführt.

4.12

Aprikosenhändler, Brötchenbäcker, Korbmacher wie bedächtige Propheten können sich als Götter fühlen, wenn sie sich in ihrem Sein erkennen als das Eine, Wahre, das den Tagen Reiz verleiht und Tücke, Niederträchtigkeit und Aufwind zu erlauchten Höhn. Ich Bin Es darf sich jeder sagen, der will und der die Reife hat, Gewähr dafür zu tragen. Es schimmert, wimmert dieses Wort in jedem Wesen einer bessern Zukunft zu; Bettler will es nähren, Balzer und Betuchte ebenso wie Bittende um Brot des Lebens und Erhöhte in den Stand des Seinserkennens - um die Wette zu gewinnen nach Vollenden der Idee des Werdens bis zum reinen Sein in Wonne, Werdekraft und ewiger Genügsamkeit im Selbstbeschauen.

Tändeln hinkt dem Willen hintennach, den Ich Mir aufgebürdet habe nach bewusstem In-die-Zukunft-

Schreiten. Weder Magersüchtige noch fette Wanste in der Weise Meines Seinsbetrachtens sind geeignet, seinsgalant den Weg zu gehn von Mass und Tugend, Treue und Entschiedenheit in Grazie und Gottgefallen. Was allein zu Mir sich wendet aus der Rückschau oder Umschau oder Gafflust ins Verderben, kann sein Liedchen wie ein Vöglein singen in der Freie der Natur und in der Unbeschwertheit die ihm eigen. Lachmut, Sanftmut, Weihung und Gerechtsein ist dein Los, sowie du, losgelöst von jeglichem Verlangen Mir gehörst und Mir gehorchst in deinen wackeren Intentionen. Beleidigungen wirst du still ertragen, ebenso wie Unverständnis, Ausflucht, Selbstgefälligkeit und Brunst nach mehr und mehr. Dein Berufen ist es nicht, zu richten über Lug und Trug und Unverstand im Weltregieren, denn Mein Wille fügt die Dinge so zusammen, wie Ich es für richtig halte in der Prozedur des Richtens und Erhaltens, des Begütens und Ermahnens, des Belohnens und Beschattens mit der Sicherheit des Absoluten, das Ich Bin, gesetzestoll und lind zugleich in Meinem Mit-der-Welt-Verfahren.

Sei Mir treu und atme mit den Treuen Meines Wesens Duft in grandiosen Zügen ein und aus und lass ihn unbelastet wieder in die Höhn entsteigen Meiner Meisterschaft im Dienen, weil du selber Meister bist im wunderbaren Spiel von Hin und Wider, Weit und Nah, von All und Nichts im Weiselosen, das Ich Bin in dir.

4.13

Erlebe deinen Atem als von Mir gegeben und genommen, als von Mir bereitet, dir zum Mahl. Opferlamm auch hier den eignen Nöten Bin Ich durch den Fall der Tage, wie durch ihren Aufstieg in die Morgenröte neuen Hoffens auf Verwandlung, Strebsamkeit und Sieg. Wo immer du den Hebel weisen Trachtens an dich setzest, werden Meine Dinge in dir weit und rein und gross. Nur, dass du spürst, wie Meines Weges Spur geradewegs durch dich verläuft, dein Sein bewirkend, deine Macht und Ehre, eh du noch den kleinen Finger rühren kannst im Eigenleben. Fatal ist deine Ignoranz, solang du glaubst dein Eigenes zu hüten auf der Bahn der tausend Seinsgefälligkeiten, die Ich dir erweise. Stärken soll sie dir das Ich-Gefühl; doch kommt die Zeit, wo du aus eignem Überlegen sollst Bescheidenheit erlangen in Sachen wirklichen Besitztums an Verstand und Seele, Wohnstatt, Augen, Herz und Gunst des Schicksals, Lust und Weh. Sie gehören alle, alle Mir in Meinem Dich-Gewanden und Begüten, Dich-Beleben und Das-Meine-in-dem-Deinen-Tun. Wie viel bedeutender ist alles, was du bist und sein willst, wenn du dich der Regelkraft der Sterne unterziehst aus freiem Willen und noch jeden Hauch natürlichen Mitgefühls auf Meinen münzest in bewundernswerter Wahl. Ein Ja wie dieses ist noch jedem andern vorzuzieh'n, weil es die Mutter des Bejahens aller Grund- und Gegensätze ist und aller Seinsschikanen wie Beseligungen in der Art des freien Mir-zur-Seite-Stehns.

Wohlan, es hat sich dir schon viel ergeben an Genügsamkeit und Weisheit, wenn du lauschend Meinem Sang Gehör schenkst hin und wieder, mehr und mehr. Doch die Tage deines Hierseins sind gezählt und erheischen Konsequenz im Dich-Vergeben an Mein Ziel. Wärme, Herzensgüte und Geborgenheit im All der Seinsgegebenheiten sind dir sicher, wenn du Meinem Anspruch kräftevoll Genüge tust und weder wankst noch weichst im Ringen um Wahrhaftigkeit im Leben.

Meine Würde trägt sich dir im Stillen an, und Mein Vermächtnis kann sich dir nur, wenn du liebevollen Lauschens dich bemühst, in die entzückte Seele giessen. Tu's und mache dir den Schmelz des Seligseins zu eigen.

4.14

Ist es denn, dass Ich dahingeh wo Ich Bin ein Schade? Nimmermehr. Es löst sich, was sich lösen soll von Mir und fällt der grössern Form anheim, die Ich Mir bilde im natürlichen Gewoge. "Land zu Land und Geist zu Geisteswehn", will Ich hier sagen im Prozess der Läuterung, des Auf- und Niederwallens der Gestalten, wie des Werdens einer Sphäre reiner Ideale in der Lichtheit Meiner seinsbewussten Kür. Nur zu sein und nicht zu scheinen ist die Absicht Meiner Trilogie von Wissen, Willen und Erleben; Blütenreinheit das Vollenden

Meiner selbst im Mehr an Qualität und vollbewusstem Mich-Ertragen.

Ich lasse Meine Stimme klingen auch in dir, wenn du die Saiten spannst auf deine Harfe und Gefühle sich verschwingen lässest Meinen liebevollen zu. Mit Ernst und Andacht ist das Unermessliche zu leisten, das Ich Mir solcherart beschwor und das in dir, als Stäubchen Meiner Allpräsenz Gestaltung findet in der Aufeinanderfolge der Äonen. Wirkkraft, Sinnbezug und Tatendrang hab Ich dir mitgegeben, damit du jener Bahn als würdig dich erweisest, die Ich dir vorgezeichnet als die deine für und für. Schreiten, Straucheln, Aufschwung und unendliches Gedulden sind in dich gelegt, Erfüllung zu bewirken Meiner wohlerwogenen Regie im Städtebauen und -zerstören, im Gewinn erfassen und verlieren, im Verweilen und Vergehn. Du Bist in Mir und wirst es bleiben, Bist Meines Weistums immerwährende Gewähr und Meines Seligseins Beneiden.

Schritt um Schritt erweis Ich dir Genügsamkeit im Sein des nie verebbenden Begütens, das von Mir ausgeht in die Sphären und das im Strom beglückter Wesen zu Mir wiederkehrt, wie Kinder heim zur Mutter wiederkehren. Glanz im Glanz wirst du dich finden, wenn die Himmel dir das ihre angetan und dir in deinem Offensein sich öffnen, wahrhaft, weiselos in ewig zärtlichem Umfangen deiner Weise, dich als Wesen zu verstehn.

4.15

Bart an Bart die weisen Häupter wollen uns belehren, wie die Dinge wirklich stehn im Seinskraftüberragen.

„Gut zu gut und maledett zu maledett wird einst geschlagen", sagen wir, doch ihnen ist bekannt, dass da kein Unterscheiden ist in Mir. Denn Höll und Himmel sind im Sein kein Gegenstand des Gunsterweisens oder des Bedrängens. Abgelassen ist schon aller Dampf weit vor dem Eintritt in die Regionen Meines Einsseins mit Mir selbst, bar jeder Illusion in seligem Erkennen der gedankenlosen, leid- und willenlosen Wirklichkeit, die Mir zu eigen.

Weiselosigkeit lässt jedes Selbstbehaupten fahren und verstickt sich nie und nimmer in die Angelegenheiten selbsternannter Götter, Weltenschaffer, Hasardeure und Gewaltenträger in der Vielfalt kosmologischen Erscheinens. Jede Grille, jede Ratte irgendwo ist Mir schon viel zu viel in Meiner ewig reinen Unbescholtenheit, die Meines Wesens Würde ist, Erhabenheit und Weg und Ziel. Den allergrössten Spekulationen Bin Ich haushoch überlegen, die Mein Sein berühren und begreifen und betasten wollen, weil Ich fähig Bin Mich tausendmal noch hinter Meiner eignen Unbekanntheit zu verbergen, bis Ich für Mich selber nicht mehr da Bin in der Unbewusstheit Meiner Züge. Lösung kann nur Aufgelöstheit sein ins grandiose Nichtige, vor dem das Menschensinnen wie vor einem Abgrund steht und sich nicht traut hineinzustürzen. Doch Ich sage dir: Der Fall ins Bodenlose, Hunger- und Gedankenlose, Leib und Seelenlose ist so schön, wie nur Erkennen schön ist absoluter Freie und Verfügbarkeit, Erlaubtheit und Gewissenlosigkeit in ewig heiterem Gestilltsein, das im Lichte ihr Verklären findet und die Sprache ist des himmlischen Azurs.

Glockenrein verklingt, was Ich hier sage in den Fernen Meiner Unerfahrenheit, wie Meines Mich-in-dir-auf's-zärtlichste-Verwehns.

4.16

Ich hab Mich bis hieher geführt und führ Mich immer weiter, wunderbaren Seligkeiten zu. Mir selbst bedeutungsvoll geworden deute Ich Mein Schicksal nach dem Mass des Himmels, der Mir übersteht und Meines Wissens Krone ist im Machtverteilen.

Gezählt, gezähmt und unvergessen bist auch du in deinen Wichtelmännlichkeiten, die Mein Teil sind in der Ganzheit Meines Überlebens. Ist's ein Schimmer, eine Blösse, ein bewusstes Aus-Mir-Steigen, das den Weltenbund gebahr? Ich kann und will es nimmer sagen. Betrifft's Mich, trifft es Mich nicht mehr: Es ist ja beides so präsent und richtig, je nachdem wo das Besinnen steht im Sinnkreis der Gegebenheiten. Bin Ich, reicht Mein Sein vom einen Ende bis zum andern kosmischen Gewaltens. Raum- und Zeitgefühl verschwinden vor dem Gegenwärtigsein im Jetzt, das unvermittelt Richtschnur ist und tragendes Gewölbe der Unendlichkeiten. Was Ich Bin wird nicht in Ellen oder Takten ausgemessen; was Ich webe fügt sich sanfte wie der Wölkchenschaum zusammen und verweht sich selbst im Handumdrehn. Hast du schon des Regenbogens Meisterwerk erscheinen und verblassen sehn? So erreichen Meine Künste, was sie Mir bedeuten in der Anmut der gesetzten Zeichen, wie im Lauter-Sein als Gabe an das unvergänglich Schöne, das Ich Bin und bleibe, auch in dir. Hab Ich doch die Grazie erfunden, die sich offenbart im Reigen einer Tänzerin, des Vogelflugs Beginnen und die unnennbare Süsse des erwachenden Azurs. Geliebte sind die Dinge Meines Schwingens, Pochens, Ordnens und Gedeihens, wie des Näherrückens Meinem Weltgefühl von hochbrisantem Überragen. Ton in Ton und Wucht in Wucht verstärkt sich das Vereinen, das Mein alles ist, um Mich im Äussersten noch als die reinste Sanftmut zu erweisen.

Keine Wirbel, nur Getragenheit und Schöne will Ich Mir zuletzt bedeuten, wogenlos und wertelos im unnachahmlich seelenvoll und wonnevollen Sein, dem Ich die Treue halte, wach und weise, ewig und verschwiegen.

4.17

Bedeutendes muss auch bedeutungsvollem Quell entspriessen. Im Umgang mit den Wesen Meiner schicksalsträchtigen Karavanserei ist wohl zu unterscheiden zwischen Ungefügem und Gestaltetem, Gerechtem und Gemeinem, zwischen Bettlern, Prinzen, Königinnen und Propheten von Mirakeln, die von Würde, Selbstbewusstsein und -bespiegelung triefen. Hast du dir das reine Glänzen in den Augen eines Meiner Kinder recht besehn, so kann dich grossgekleidetes Gehabe nimmer täuschen. Das Wahre strahlt von innen in die Welt des Scheinens und entspringt dem einfach Tatenfrohen, wie die Quelle unscheinbarem Land entspringt, den Wandrer zu erlaben. Also sei in Meinem Sinne fürstlich, wenn du ausgehst, einer Welt des Unverstands Paroli anzubieten. Wachsend spür Mein Innesein in deiner Präfektur und übertrage Meine Schwingung auf den Schwung des täglichen Geschehns in deinen Gauen.

Trage das „Ich Bin" ins Tragen am Gewölbe Meiner Seinsstruktur und übertrage deiner Kräfte Fluss als Pfeiler von den Himmelssphären auf das Erdreich im Bewusstsein Meiner breitgefächerten Kultur. Im Geben nimm den Ansturm Meiner Unerschöpflichkeit entgegen und vermähle dich der Liebenswürdigkeit, die Ich verstrahle. Nur das Makellose ist Mir recht, dass es den Lebensgang bewege; nur das Augenblickliche vermag gestaltend und befruchtend einzuwirken auf den Gang der Dinge und die Wohlfahrt Meiner Treuen auf der Daseinsspur.

Mein Zweck ist null, wenn Ich Mich einzieh in die Kammern Meines tatenlosen Bei-Mir-Weilens. Keinen Umstand, keine Macht und kein Gefährden lass Ich zu im Heiligtum der ewig heitern Unbeschwertheit, die Ich im Lichten blütenrein vor Mein Gewissen trage. Seligen Gemüts erschaue Ich den Reichtum wonnevollen Seinsbeseelens, der sich vor Mich breitet ins Unendliche der Sphären. Schön ist alles, traut und liebevoll, was Ich Mir Bin im Wunder des Erscheinens.

4.18

Es schenkt sich uns, es denkt sich uns ein höheres Gewissen an, wenn wir gedankenstill in Herzenseinfalt vor uns selber weilen. Unmöglich Scheinendes ergreift uns wie die Schwinge eines grossen Atems und erweckt uns in Bewusstseinssphären, die von Licht und Leichtigkeit, von Heil und Heiterkeit erfüllt sind in urewiger Daseinspoesie. Das Gelöste offenbart sein Können, geniale Blitze schiessen ins Erkennen der Bewohner dieses Reichs erblühnder Ideale und befeuern und begeistern ihr Befinden. Weises trägt sich den Bedächtigen an und setzt sie ins Erstaunen über soviel Seinsverfügbarkeit, die wie ein Zauber sie belegt und ihnen eine Schau von überwältigender Schöne bietet.

Wer noch wie der Hase hoppelt übers Feld der vollen Ähren, wird dies alles kaum begreifen, weil er doch Beweise will von dem und dem, was ihm phantastisch und unglaublich will erscheinen. Vom „Ich Bin" ist bei ihm keine Rede und so kann es ihm auch keine Löcher stopfen in der lebensphilosophischen Geschicklichkeit, die ihm zu eigen. Welten klaffen hier wie Tal und Hügel, wie der Abgrund und die Höhen auseinander und bemerken nicht, dass sie sich wundervoll ergänzen zur Gediegenheit der Allnatur, die alles in sich fasst, was kreucht und fleucht, was kratzt und sticht und wütet und was sich im Sonnenschein der Musse hingibt in glückseligem Verweilen.

Bin Ich so, so Bin Ich allem bis ins Mark gewogen und erweise ihm die Referenz, die Überschauende dem Kindlichen erweisen in der Unschuld seines Ziehns und Zagens, seiner Lustigkeit und Unlust, wie dem Charme, den es in seinem Eifer rings verbreitet im bedächtigen Erfüllen und Enthüllen seines Planens. Jedoch nicht verschieden Bin Ich von den zarten, wachsenden Gebilden liebenden Beschauens. Ihr Wesens Eigenart ist Meine immerzu, die sich in fliessenden Nuancen in das Seiende ergiesst und ihm Gedeihen ist, Erkennen und Befrieden. Einmal noch wird jedes Herz, was Ich ihm Bin, zur Dankbarkeit bewegen, wird das ihm Anvertraute sich in Traulichkeit und Milde Meinen Gründen nahn und wahre, reine Wonne sich erfühlen. Sein statt streiten, seligsein statt brummen wird das Alphabet der Hoffnung hoffnungsvoll vollenden, das sich die Bedrängten schon so lange vor die Augen zählen. Will in Wille, Wach- in Wachheit wird dann das berückende Gewölbe tragen, das ein neuer Himmel ist und dem ein neues Erdsein sein ergreifend Antlitz offenbart von Unbekümmertheit und unerschütterlichem Frieden.

4.19

Es spricht ein Meister durch dein Sein, wenn du ihm deine Tore öffnest und ihn willkommen heissest in der menschlichen Domäne, die sich von dir abhebt als Geschenk der Götter, deiner Weltenwerdezeit anheimgegeben. Torheit ist's, sich auf ein Selbst besinnen wollen, das sich selbst gehört im Einzelnen, Geringen und Gestrandeten als Leergut an des Lebens fremden Ufern. Nur Meinem Mich-Gewahren ist's gegeben, was Ich Bin als Eignes zu betrachten und den Dingen Richt und Ziel und Zweck und Ansehn zu verleihen.

In die fernsten Fernen wirkende Potenz Bin Ich in dir und allem als das Numinose, das sich nie enthüllt und doch die Hüllen schlägt um alles, was die Wesen um sich sehn. So ist es klug, Mich nur im Wirken und beileibe nicht im Sein zu sehn, in dem Ich Mich in absoluter Ungebundenheit bewahre. Daheim zu sein und Auszugehn ist nicht dasselbe dir und Mir in sehr verschiednen Dimensionen. Nun tröste dich; es wächst in dir der Sinn für's Übermenschliche im Garten deiner Tugendhaftigkeit gemächlich und galant hinan und wird dir balde noch genug zu denken geben. Dann fallen viele Schranken, viele Schleier von dir ab und zeigen dir den Freiraum lichter Sphären, der dich lockt und bittet, dich in neue, wunderbare Welten zu begeben. Was du schaust in ihnen ist, wie alle Dinge wirklich sind im Seinsumfangen und im Bruderkreis der Sterne, der dein weit gewordnes Wesen ziert wie Goldgeschmeide Bräute zieren in den Festen des Vereinens. Auserlesenheit aus aller Spreu der Tage wird dich treffen wie das grosse Los, das alle sich ersehnen und das so wenigen zusteht in der Kunst, das Rechte aus dem Lebenwünschelkorb zu ziehn. Du bist nicht blind und brauchst nichts weiter, als die Seelenaugen aufzuschlagen vor dem Wunder des Natürlichen, um darin Mich und Meines Wirkens Wohllaut voll Begeisterung zu sehn, zu achten und zu lieben, als ein Werk der Güte und des gütigen Vollendens ohne Wenn und Aber in der Selbstverständlichkeit, mit der die Götter in der Welt spazieren gehn.

4.20

Ich löse Mich von mir und atme Mich ins Freie der Unendlichkeit in grossen, wonnevollen Zügen. An Meiner Stelle strömt der Weltenchristus ins Gefüge menschlichen Erscheinens und belebt und heilt, was vordem so verletzlich war. Dies zum Zeichen nimm für deine weitern Schritte in des Lebens grandiosem Zaubergarten. Hilf dem Ideal, das Ich in jedes Wesen setze, sich dem Wirklichen zu nahn, das Ich ihm Bin in wunderbar geformten Zügen. Leid erlöst sich allgemach ins Lieben aller Gegenwärtigkeiten, wenn du, Meinem Sinnbild folgend, dir vernichten lässest, was nicht wesentlich zu dir gehört und damit aufsteigst in die höchsten, freudevollsten Sphären. Aus und ein und ein und aus geht Mein Äonenatem auch in dir und handelt, wandelt, webt und hebt dein Sein im Endlichen wie im Urewigen in Meiner Weise, mit den Dingen umzugehn und sie ins Unerforschliche zu führen.

Nie gestatte dir, an dem zu zweifeln, was du Bist in Meiner Aura der Vollkommenheiten und was du sein wirst, stumm vor Seligkeit in ihr. Singe dir das Hohelied des göttlichen Vereinens deiner Seele mit dem unermesslich reichen, reinen Bräutigam, der Ich dir Bin in Tagen des begeisterten Agierens, wie in Zeiten ausgesprochner Not, wo alles dich zuschanden machen will in wilden, schadenfrohen Stössen. Meiner Kraft Gebärde richtet dich dann auf, wenn alle Kräfte dir versiegen; das Geständnis Meiner Liebe trägt dich weiter, Stoss um Stoss und besiegelt, was Ich meine in der weltgeschichtlichen Bravour, mit der Ich jede Wendung noch zum Allerbesten führe.

Ja, die Taube trägt den Oelzweig schon im Schnabel, der die Kunde von der Rettung bringt zu dir und allen, die sich in die Arche Meiner Hoffnung eingeschlossen haben. Ton in Ton wirst du den Jubelsang geniessen, der vom Gesinde Gottes aufwallt zu den Höhn und wirst nach langer, banger Fahrt die Gründe Meiner Sicherheit besteigen. Aufschwung, Fülle und Begeistern ist dein Los am Ende aller trüben Zeiten; Hörigkeit wird hell und Drangsal lichtet sich zu einem Meer von Heiterkeit und Frieden, das Ich in dir Bin in jedem perlenden Gedanken, jeder frei gewordnen Geste, wie im zarten Glanz des Unaussprechlichen, das Ich in deinem Schaun verbreite.

4.21

Seinsgewärtigkeit von Meinen Graden ist gespanntes Wachsein, Wagemut und Sinnbedeuten ohne Ziel. Reglos, weglos dräng Ich selbst das Lichte aus dem wundervoll Bewussten, das Ich Bin und das Ich Mir in weltenschöpferischer Selbstbewusstheit deute. Stille vor dem Sturm, Bedachtsamkeit vor jeglichem Bewegen, Götterlust vor jedem Frust Bin Ich in einer Sphäre voller oder leerer Schalen, wie man's nehmen will weit unter

Meinem Mich-Begreifen als das Ein und Alles, Seiende und Werdende, Enteignete und Freie in der Fülle Strahl. Makellos und mühelos vollzieht sich jede noch so geniale Geste Meines Rauschens ausser Mir, weil weder Worte noch Gebräuche nur im mindesten an Meine Stätte reichen. Wesen ohne Wille, Wirksamkeit und Tugend Bin Ich Mir in abergründiger Weise des Mich-selbst-Behütens als das absolute Unbekannte, dem die grösste Torheit ebenbürtig ist im Hinter-sich-die-Tore-Zuzuschlagen.

Kennen kann Mich niemand, weil Ich Selbsterkennen Bin und es nicht nötig finde, Mir Gewandtheit, Namen, Nützlichkeit und Nimbus zuzulegen. Witz und Weisheit fehlen Mir, weil Ich ununterscheidbar nichts als das Geschäft des Seiens hier betreibe, wo das All beginnt und sich ins Nichts verliert und ohne Mich zu treffen auf der myriadenlangen Bahn. Hoheit will Ich Mich nicht nennen, weil Ich auch das tiefste Schurkenhafte in Mir trage; Seinsgesetz und Recht bedeuten Mir nicht viel.

Grund genug, dass sich ein jeder auf sein eignes Recht besinne und sich frage, ob er auch das Richtige tue, das nicht anstösst, um ihn selber dann zu treffen, das nicht prahlt, weil jedes Prahlen Schändlichkeit gebiert und das bestrebt ist, ohne jede Finte als ein Rätsel selbstbewusster Wachheit dazustehn. Nur wer Mir gleicht, braucht mit nichts sich zu vergleichen; nur wer weglos, ziellos, weiselos die Weise wirkt, die ihm gegeben, heisst das Sein willkommen im Gemüt und wandelt auf den Spuren Meiner Väter, Meister und Propheten eines wundersamen Zustands des Gewissens, der das Leben leben lässt und es befördert, liebt, belächelt und besiegt im Wirkkreis des unendlichen Gewährens.

4.22

Ich verlange, ich erlange Ankunft in der Welt der Seligkeiten. Seinserfüllen, Seinserhabensein ist Meiner Weise Siegeszug ans Ziel. Wie von Sinnen leucht Ich Mir ins Sphärenhafte, Wesenhafte heim von eignen Gnaden und gewahre, was Ich Bin in majestätischer Bewusstheit dessen, was Ich Mir von Anbeginn bereitet habe. Schicksalslos geworden überwalte Ich Mein Los in nie verebbendem Mich-selbst-im-Seligsein-Bewahren und erwarte nichts und wieder nichts im ewig gleichgestimmten Warten. Holden Andrangs Wonne weiss Ich Mich kaum zu erwehren in der Lichtflut, die Mein Sein durchwallt voll Grazie des Gewährens. Lauterkeit und lebenspendendes Agens der Güte sind Mein Inbegriff des Guten, das Ich Bin in unverwandelbarer Heiterkeit und Seinsgediegenheit zu Füssen Meiner selbsternannten Ideale. Raumlos trag Ich Meine Seinsgewichtigkeiten jetzt und jetzt ins fortgesetzte Grünen und erwirke Aufblühn, Heil und Herrlichkeit in ihm.

Schau und Schau's in gotteskundlichem Begeistern und erwähle dich zum Meister dessen, was Ich Bin in dir.

5

Feuerschein des Herzens

Einleitung

Kann man sich vorstellen, frisch eingeliefert im Paraplegiker Spital zu liegen, herausgerissen aus dem gängigen Leben, reglos wohl für immer, mitten im Gedankenfluten um den Sinn, die Zukunft und das endliche Ertragen.

Diese Verse wollen klärend wirken im so tragisch scheinenden Geschehn und wollen Seinsvertrauen wecken im Betroffenen, wie im Betreuer und Betrachter, der, an seiner Weisheit irr geworden, eine höhere sucht im liebevollen Mit-dem-Schicksal-Hand-in-Hand-durch's-Leben-Gehn.

5.1

Macht und
Ohnmacht meiner Menschlichkeit
muss ich erfahren

muss
den Himmelskräften
trauen

die mir
Göttliches
gewähren

Ein Weidenkätzchen
möchte deine Wange
sanft berühren

und
dich trösten
für den Tag

voll
Anspruch an
dein Selbstverstehn

Eingeschlossen
und doch
frei

wenn sich
die Seele
auf ihr Eigensein besinnt

und auf
die Unversehrtheit
ihres Wesens

Liebe führt
die Hand zum Scheitel
der Gezeichneten

Freundlichkeit
verbindet
was die Menschen

in
geschwisterlichen Tiefen
sich bedeuten

Zartes flämmchen
Hoffnung leuchte du
der Traurigkeit hinan

Es gibt
ein Seelenlicht
das wie die Sonne

alles Irdische
mit Herzlichkeit und Wärme
überstrahlt

Gesegnete
von denen Gott
das Unerhörte will

Sie wachsen
wie das Samenkorn
in Seinen Tiefen

und
führen sich
dem Seinsvollenden zu

Dem Sein Geweihte
sind
wir alle

aus
Göttersphären
in die Welt getaucht

um wieder
ins Unendliche
zu steigen

Beglückte sind wir
und Beschenkte, weil
das Leben uns verblieb

Wieviel
zu lernen steht
uns noch bevor

in
unserm
Menschenreifen

Herr,
bewahre mich
in Deiner Huld

dass ich
nicht ins Verzweifeln
falle

ob soviel
schicksalsschwerem
Weh

5.2

Menschentrachten
führt
ins Irre

Von Gott
Beseelte
sollen wir

zu
Seinem Willen
uns erheben

Meine
Freiheit ist mein
Denken und Gefühl

Mein Wille
stählt sich
am Befinden

worin
ich mich
verflochten seh

Unendlichkeiten
will ich
lauschen

entzücken mich
am
Sternendom

voll
Grazie
der Herrlichkeiten

Gott ist selig
wenn du's
in dir bist

Bedenk dies wohl
und
lass Ihn

selig sein
in
deinen Gründen

Deinen Weg zu
finden leuchtet dir
die Sonne

Deiner Seele
Kraft ersteht
im Glauben

an die
Unvergänglichkeit
des Wesens

Wo ich mich
in mir finde
bin ich heil

Meiner Lebensflamme
Gleissen nährt
den Willen

jede
Prüfung
zu bestehn

Das Rätsel
meines Seins
enthüllt sich

wenn ich mich
vor Ihm
verneige

in
der
Heldentat

Was ich verschenke
enthüllt
was ich mir bin

Mein Mut
beflügelt das Gemüt
und

lässt die Seele
mit sich selber
Freuden tanzen

Ohne Wehen
kann kein Kind
geboren werden

Ohne Überwinden
wird kein Same
gross

im
Evolutionenringen

5.3

Im Strömen der Nächte
erlang ich
ein neues Gefühl

In Bewusstheit
ruhen
schärft den Sinn

für's
Übersinnliche

Wir sind
ein Völklein
von Geschwistern

welche nahe
an der Grenze
stehn

zum
Überirdischen
Begreifen

Nicht
was wir scheinen
zählt

Die Kraft
zum
Lieben

macht uns
wahrhaft
gross

Ins Leibliche
getaucht
entwachsen wir

wie's Sommervögelchen
der Enge und
erlangen das Bewusstsein

der
Allfreie
in den Sphären

Transformation
vom Aussen
zum Innen

Wir sollen
Willenskräfte und Gefühle
 sehen

in
der Glorie
der Unendlichkeit

Ich lege heut
Vollkommenheit
in meine Taten

Der Weg ist frei
ich brauch ihn
nur zu gehen

in
unerschütterlichem
Siegen

Mein Hauch
meine Geste
verändern die Welt

Ohne Zögern
leg ich
was mir frommt

in
des Erfüllens
Schale

Im Tempel
reiner Gedanken
fühl ich mich wohl

Die Freude
lässt sich
bei mir nieder

das Licht
der Zuversicht
erstrahlt

Was ersehnt die Seele
mehr, als Glaubenskraft
und Frieden

Die Anmut
der Beharrlichkeit
führt sie zum Ziel

das ihr
die Himmlischen
verheissen

5.4

Kein Zufall führt uns -
nur die strenge Hand des
Schicksals durch die Zeiten

Wieviel Güte liegt in dem
verborgen, was uns
vorwärts bringt

der
Götterherrlichkeit
entgegen

Tage
der Sanftmut
Tage des Ringens

eine
Perlenkette
aus

Tränen, Wehmut
Wachheit, Lebensfreude
und Gelingen

Verwandlung
in die Freie
der Erkorenen

Wir alle
sind
erwählt

das Kleid
der Seligkeit
zu tragen

Im Ernst
der grossen Stunden weihen
wir uns Seinem Wesen

Er weist uns Wege
aus der Knechtschaft
himmelan

Er ist's, auf
dessen Spuren wir
die Herrlichkeit erreichen

Ich fiel aufs Kreuz
bewegungsstumm
wie Er

im
Feuerschein des Herzens:
Muss ich's bleiben?

oder darf ich
mit Ihm
auferstehn?

Im Grab
der langen Nächte
kreisen die Gedanken

sinn- und
widersinnig
her und hin

das
Falsche
zu erlösen

Mein Bewusstsein strahlt
dem Sein
Unsterblichkeit entgegen

Sonnenhelle
Freudenüberschwang
und Frieden

tränken
meiner Seele
Liebesliturgie

6
Tau im Sonnenstrahl

6.1

Sein ist Liebe, Licht und Leben in der Wissenschaft des Selbstbezugs, die Ich verbreite, wie die Sonne ihren Wärmestrahl. Auferstehen heisst, in Meinen Sphären Wachheit und Genügsamkeit erreichen, heisst, dem Bilde Meiner Bildung treu ins Transzendente vorzustossen, wo die guten Eigenschaften zählen und das Nimmermüde seinen Wert entfaltet, siegessicher, rein und wahr. Mein Gehaben ist die Stillung aller Motionen, Mein Gewand das Lichte, dem Ich nackt und unbenennbar Meine Züge leihe, um Mich selbst im Irdischen zu sehn. Offenbarung Meiner selbst sind Helle, Seligkeit und Strahlen, die von Mission zu Mission durch unermessne Räume eilen Meiner Dignität und Meines Seinskraftflutens.

Wissend, weise, unerschöpflich und gediegen Bin Ich Mir an jeder Stelle die Gewähr für Seinsbeständigkeit und überlegnes Meine-Zügellosigkeit-Versprühn. Machbar ist Mir alles, was Mein Sinnen streift im Sinn der Evolutionen; schön in Schwüngen hieve Ich Mein Sein hinüber und hinan, wo immer das Bewegte seine Meinung äussert Meiner unbedingten Ruh entgegen. Glanz, Gestilltheit, Heiterkeit und unberührtes In-Mir-Weilen sind die Attribute Meiner Wachsamkeit vor allen Toren, die hinaus, hinein, hinüber und herüber in Mein überwältigendes Allsein führen.

Dein's zu finden, Bist du Mir das Körnchen in der Muschel, Tau im Sonnenstrahl und Keimling auf den reichbesetzten Fluren. Was Ich Mir in dir im Siegeszug der Weisheit mitten auf den Weg gegeben, ist Mein Herzblut, Meine Inbrunst, Meine Zierde, Mein erstrahlendes Juwel. Nur zu heben brauchst du, was Ich deinen Tiefen eingeschrieben habe; Meine Offenheit zu würdigen, bist du im Grunde da, belebt, befähigt und der Grosstat anbefohlen, Meinen Zügen dich zu nahn im Zug der Seinsbewusstheit, die dir dann zu eigen. Fluss hinauf will Ich benennen, was die Kräfte des Entfaltens in sich spürt zu Meiner Schau der Dinge und der Zeiten, was des Wanderns hin zum Ursprung sich bemüht und ohne Rast und Ruh von Ziel zu Ziel dem Numinosen in die Arme eilt, das Ich Mir Bin in unerschütterlichem Selbstbezeugen.

Lass, o lass die Wellen der Betriebsamkeit sich an sich selbst verfluten und schau dich als das Sein in weihe-voller Selbstgestilltheit an, ins hohe Glück der Einung eingestiegen mit der Allnatur und ihren unzählbaren Gnaden.

6.2

Tote sind lebendig und Lebendige sind tot im Buchstabieren Meines Weltgefühls von unsagbarer Schärfe des Begreifens. Du glaubst dich zu bewegen nach der Deutung deines Eigenwillens und nimmst doch beständig einen fremden an, weil dein Durchschauen schläft der Motivationen, die dich durch die Zeiten führen. Siehst du endlich dich nur Meinen Willen tun, so ist es auch der deine, weil dein Ich sich als das Meine anerkannt hat in der einigen Doktrin, die Es verbreitet, kosmologisch, stilgerecht und wahr.

Nun sei und sei, was Ich dir Bin in gleichgesetzten Runden um das Spannungsfeld historischen Erscheinens Meiner Dignität. Sei Meines Wachsens wachsendes Idol und pflanze Blut um Blute in den Garten Meiner Niederkunft in Schönheit und Holdseligkeit natürlichen Besinnens und Gestaltens. Pflege, was du Bist in Meiner Observanz und Meinem Dich-Begüten ohne Schwenker, Schielen, Lispeln und Erklärenwollen gradheraus in Einfalt, Würde, Makellosigkeit und Wohlverstand als Meiner Zierlichkeit Gedeihen an der Stelle deines Tuns. Rette was zu retten ist vor einer Flut banaler Aktionen, die die Welt ins Nebelhafte tauchen und den Ingrimm der Gesetze provozieren, die das Lautre und Gewissenhafte definieren.

Fehlst du, fehlen auch die flammenden Impulse Meines Hochbefehls zum Guten; gehst du in die Irre, lass Ich deinen Willen sich als das Erhabene verstehn, an dem die Dinge Deines Schweifens hangen. Rufst du Meinem Dich-Berufen, mess Ich dir sogleich die Flügel an des Überwindens aller Nebensächlichkeiten und des Schwirrens hoch in Meiner Lüfte lindesames Wohl. Du gleitest wie im Segelflug dahin, wenn Meines Aufschwungs Kräfte sich zu dir bekennen und dein Menschensein benennen als das Meine in der Glorie des

Auferstehns. Wie wach, wie wahr ist alles, was du Bist in Meinem Dich-Umfangen, wie strebsam und gediegen pflegst du Meines Seinsgewissens Züge in den deinen, ohne Wenn und Aber und gewandt im Zielen auf das Eine vor dich hin. Gebenedeit ist, was, von Mir genommen, sich ins Weltbild setzt von unerschütterlicher Grösse des Gedeihens und von grandioser Variantenfülle des Geschehns. Gewaltiges muss immer noch die Allgewalt ins rechte Dasein rücken; Gediegenes bleibt in sich selber als gediegen auch bestehn, weil Ich die Dinge des Vollendens stets behüte und im Reinen Mir bewahre, das Ich Bin im seligen Zusammenfügen.

Walte, schalte, halte, wärme und erkalte immerdar in Mir und sinne nichts als Mich, damit du Meinem Sinn gemäss dich ins Unendliche verflutest in dezentem Seinserfahren.

6.3

Kräfte reiner Güte strömen ein und aus in Meinem Mich-im-Sein-Befinden. Gewaltiges geschieht im Rhythmus Meiner Wohlgefälligkeiten an Mir selbst an allen Enden Meines Welterscheinens. Wo Ich auch Bin, verleihe Ich dem Leben Schwingen des beständigen Aufstiegs zu den höchsten Seinserfordernissen, die Ich kenne und verteile an Mein Streben allseits, allwärts, überwach und heilsam in erbarmungsvollen Stössen. Nur was *Ich* webe, gebe, lebe, hebe und bewege ist auch wirklich schön im Mass der Dauer und der Wohlbekömmlichkeit vor allen Augen, die die Sternenwelt besehn.

In dir, in dir ist alles schon beschlossen, was Ich Grandioses in die Weiten leg, Gehalt und Weisheit, Güte und Gerechtigkeit zu offenbaren. Eiche deine Tritte Meinen zu und bald wirst du erfahren, welche Grösse sich aus dir entfaltet und erhebt im Referenz-Erweisen. Vor den Zeiten, in den Zeiten, nach den Zeiten Bin Ich denn in dir und allem wirkendes Agens des Brodelns und Gewaltens, Formens, Waltens und Bestehns in hunderttausend Variationen, einer einzigen zu dienen. Einsicht sieht Mich, wie Ich Bin und war und gebärdet sich dem Sein entsprechend frei im Aufruhr, selig in den

Tücken und von innen her besonnt im Schauen der Vergänglichkeit, die alles Irdische erleidet.

Du träumst und staunst und sehnst dich einer Wirklichkeit entgegen, die da Ist und wirkt und webt in deiner Seele Gründen. Wie die leise Hoffnung dämmert sich die neue Zeit an dich heran, in der du liebevoll und seelenvoll den Weg beschreitest, der dem Meinen Recht gewährt und der in jeder Weise führt geradewegs ins Ziel. Gewieftheit brauchst du nicht zu kennen auf der Wanderschaft in Meine Buchten des verweilenden Beschauens und der Rettung aus der Not der Daseinsängste. Trau und wirke, was dein Teil ist im berechtigten Ersehnen einer Welt der spriessenden Natürlichkeit und des gesammelten Bewährens. Red und Antwort wirst du stehn und ohne Bangen, wenn Ich dir erscheine als das abergrosse Du in Mächtigkeit und mächtigem Erbarmen, in Gewogenheit und Reinheit des Gedankens, seinsbedingt und wahr.

6.4

Der Ich Bin muss nicht zu sein begehren. Der Ich walte muss beileibe nicht ins Walten steigen, weil er seiner Weise stets gerecht wird, die das Weiselose ist im Hinfall aller fliessenden Gewässer und Gegebenheiten. Meine Sphäre ist das Ende aller Sphären, Mein Begriff der Griff ins Leere, den die Weisesten der Weisen tun, wenn sie Mir Deutung und Bedeuten zuerkennen wollen. Meine Sprache ist die Kunst, mit vielen Worten nichts zu sagen, ist ein reines Spiel von Rhythmus, Bilderreichtum, seinsvernünftiger Unvernünftigkeit und Freude am Zernagen der Begriffe, die Mein Sein erhaschen wollen voll Gedankenakrobatik offenbar.

Es gibt Mich nicht in deinen Wundern, und es gibt Mich doch, sowie du dich verwunderst über alles Wunderbare, das vor deinen Augen aus sich selbst zu blühen scheint und sich in Anmut über eine Welt verbreitet des natürlichen Laissez-allers, das da hinkommt oder nicht und dennoch stets schon dort ist, wo Ich es voll Weisheit hinbeordert habe. Machbar scheint dir alles, wo Mir nichts zu machen übrig bleibt im ewigen Beruhn und Keinem-Ziel-Entgegendriften, wie die Tüftler und die

Heilverkünder, die in Massen ihre Sehnsucht in die Seelen ihrer Schüler schreiben, ohne noch zu wissen was sie wollen wie der heiligen Absicht, aus sich selbst hinauszugehn. Woran liegt es, dass das Einzelne sich als in Mir erkennt und ganz wird augenblicklich, festlich, sinnlich, im Sich-selber-Überragen? Daran, dass es seinen Willen schändet, etwas noch zu sein, was ihm Bedeuten und Befriedigen verschafft und guten Mut und tragende Gewässer in der sinngeladnen Atmosphäre derer, die da wissen, glauben und verstehn.

Unkenrufe sind noch nie beliebt gewesen und die Rufe nach dem Sein noch viel viel weniger, weil sie zu viel von denen zu verlangen scheinen, die die Analyse vorziehn dem Vereinen, was da *ist* mit allem, was verging und was noch kommen mag zu einer Schau von seinslebendiger Brisanz, die allen sich gewährt und alles ist in allem, was da seiner Wege geht im Auf- und Niederwallen.

6.5

Wirst du je begreifen, dass das Glücklichsein dir nicht von aussen zukommt, sondern sich in deiner Innigkeit begründet in der Stille der Gedanken, Wünsche und Begierden. Gedankenlosigkeit ist Sein von Fall zu Fall im Bodenlosen Meiner wesenhaften Nähe zu Mir selbst, ist soviel Helle, dass dein Tag vor ihr verblasst und Schemen sich an Schemen reiht im Schauen und Vergleichen Meiner Wirklichkeiten mit den deinen.

Oft wirst du dir sagen: Soviel will ich auch - und gleich versperrst du dir den Weg zu deinem Mich-Begreifen; ja, du sollst nur warten und dann zünd Ich dir die Lampe an. Nichts und wieder nichts zu tun ist die Parole Meines Wirkens an die Wesen reiner Tatenfreudigkeit im engsten Winkel wie im Vollkreis Meiner Abergründigkeiten. Alles bleibt im Grunde stehn, wenn es sich nicht bewegt in Meinem Namen und in Meiner Absicht, Grossmut, Lieblichkeit und Kurzweil zu verbreiten, wo Ich immer will und kann und nichts berechnen muss nach Strich und Faden und nach Rücksicht und Verstehn.

Was baumelt und was zappelt ist nicht eben würdig anzusehn. Es gilt, Mein Reich in Wachheit, Weisheit und Gewissheit zu betreten, weil es in ihm Dinge gibt, die in der Dingwelt nicht vorhanden sind, in der wir immerzu nach Ganzheit haschen und uns voll versichern wollen, unser Ganzes wirklich auch zu sehn. Dass wir zappelnd baumeln sehn wir nicht, solange bis wir uns im wahren Ich entdecken, das Ich Bin in all und jedem, vorn und hinten, jung und alt und in der Gläubigkeit der Ausgeuferten, die sich nicht minder als die Etablierten froh an Meine Tische setzen können, wenn sie nur den Schimmer in der Weite Meiner Sphären in sich spüren.

So traut, so offnen Blicks wie niemand steh Ich vor der Seele des Gerechten an sich selbst und übe Seligkeit und Friedefertigkeit an ihm solang er will und sei's für immer und für jede Lebens- oder Wetterlage, die ihn wild umsaust und mild umsäuselt je nach Lust und Laune der Natur, nur, dass er Meiner Andacht sich versichert gegenüber allem, was Ich schuf und seine Hände legt in Mein erschütternd grandioses Weltenspiel.

6.6

Wohnstatt reinen Ruhns darf Ich Mich nennen in der Folgerichtigkeit der Seinsgedanken, die Ich hege, wie im ätherlichten Schweigen, das Ich traut und schützend um Mich leg, die Atmosphäre der Glückseligkeit, in der Ich wese, zu geniessen. Gewappnet, alles zu vergeben, Bin Ich Mir der Hort des freien Übergangs vom Sein zum Soll, vom Mass zum Massenhaften und vom Numinosen zum Geschichtenträchtigen, mit dem Ich Mich mit Geistheroen steter Regsamkeit und Tatenfreudigkeit bewusst verwebe. Lächelnd, staunend, schauend Bin Ich Mir das Sakrosankte im Gewühl der Wirksamkeit von Willenskräften, die sich auf Biegen oder Brechen aneinander messen und vor lauter Eifer, zu gewinnen, das visierte Ziel beileibe nicht mehr sehn. So will Mir alles als ein Kinderspiel erscheinen, das lärmend durch die Tage hallt im Aneinanderfügen von berauschenden Ideen und Verwirklichungen, in deren Aufstieg schon der Fall sich zeigt ins Bodenlose, zart Zerbröselnde durch ellenlange Zeiten. Über Gutes, über Böses breitet sieh

Mein Licht des Kraftgewährens und verbreitet Schönheit, Seltsamkeit und Sagenhaftigkeit, die sich in wohlgeschliffnen Werken spiegeln, wie in Seinspokalen, ohne dass ihm ist ein Ende abzusehm.

Nur Mir ist etwas wie ein Adlerblick auf alles Endliche gegeben, mit dem Ich durch die Dinge schaue wie durch Glas und ihren Wert und Unwert kommentarlos registriere. Gleichmut und Gelassenheit sind wie der Schemel Meinen Füssen untertan und lassen alles gelten, was sich in die Welten drängt zu Ruhm und Ehre, wie zur selbstgeschaffnen Schmach vor schadenfrohen Blicken. Läuterung und Lauterkeit muss sich in jedem Fall ins Seelenvolle giessen, wenn das Seinserkennen wachsen soll und die Gediegenheit in Mir. Denn alle offnen Kreise können nur in Meiner Unentbehrlichkeit sich wieder schliessen; jedes Wch wird unfehlbar in Meinem Mich-Gewährenlassen heil und jedem Anstand folgt das In-Mir-Hosianna-Rufen. Dem leichten, leisen Tritt der Musenpferdchen ebne Ich die Bahn, wie dem der Elefanten, die sich wonnevoll im Porzellan-Zerschlagen üben. Rechts zu rechts und links zu links will ich gewähren, bis sich alles aufhebt in Mein ruhendes Gewissen von der Einheit und Glückseligkeit des Seins im wachen Selbstbewahren.

6.7

Wie reich, wie weich, wie flaumvollendet ruht der Schnee der Güte auf dem Seinsgewissen derer, die sich da verströmen an die Welt der tausend Bodenständigkeiten. Immer lauschen sie und rauschen sie durch's Ätherlicht dahin, um da und dort und überall zu helfen und zu trösten, wo sich Wesen, Trosts bedürfend, an sie wenden. Nie gefasst und nie gesehn verweilen sie im Guten und bedeuten einer Welt der Unbekömmlichkeiten und des Haders viel. Es ist, dass sie zum Rechten schauen, wo das Linkische sich breit und heimisch machen will, dass sie dem Vordergründigen ihr leises Wehn entgegenbringen, das so fein und lind das Seelensein berührt und die Gemüter öffnet dem Unendlichen, dass sie sich ihm bedingungslos ergeben.

Was in den Wesen wacht und lacht ist von der Art, in der die Himmlischen sich durch den Raum bewegen; was sie erhebt ist wie vom Sonnenstrahl gelöstes Wasser rein und unbeschwert und ungewogen und vermengt sich mit dem vielen, das in wunderbarem Einklang mit dem Höchsten steht, dem es sich weiht und dem es sich ergibt im allgemeinen Weben. Nur so und so lässt sich das Menschensein als ein vergöttlichtes erklären; nur diese Wende wendet alles, was so kritisch ist und kritisierend endlich noch zum Guten, wie es leibt und lebt und wie es in der Absicht derer liegt, die gutvoll, glutvoll sich für Schönheit, Liebenswürdigkeit, Gediegenheit und Mass im Umgang mit dem Zeitlichen verwenden.
Es blitzt die reine Helle auf in dem, was uns die Heilsgedanken sagen; es fangen sich wie Vögel in den Lüften die Gebieter der Gemeinde auf den Daseinsästen, um die Winkel auszuspähen, wo Erbarmenswürdiges liegt und wo ein sanfter Flügelhauch wie silbertropfenweis gesetzter Balsam wirkt im freundlichen Vorüberwehn. Nur Stolze kann das Seelenselige nicht ertragen, dass es sich von hinnen wendet zur erwartungsvollen Schar der stillen im Gemüt und der Beglückten ob dem Stillenden, das sich verheissungsvoll in sie gesenkt in zärtlichem Vergeben.

6.8

In Lieb und Treu erfunden und für gut befunden reckt und streckt sich Meine Welt des Schön- und Guten dem Unendlichen entgegen. Meine Wahl ist längst getroffen und betrifft das Wesenhafte, das Ich Bin und das Ich in Mir pflege. Nur getrost, es wendet sich dein Schicksal allgemach dem Meinen zu, das da in überirdischer Besonnenheit dem Traum von Glück und Seligkeit die Wege ebnet und der Treue Bahn bricht zu dem Meinen. Berufung an die höchste Stelle ist dein Los; als Seinsbeflügelter wirst du erwachen und gerade Mir entgegenfliegen mit bezaubernden Allüren in Gelöstheit, Liebenswürdigkeit und Seinsvertrauen.
Ja, du und Ich wir machen alles wahr, was in den Sternen steht geschrieben an Erhabenheit, Bedeutsamkeit und unerschütterlichem Strahlen. Da wird dem Wehn

der Welt die wahre Grösse zugeschrieben; da pulst und wallt ein Leben wie in dir und ist dein Vorbild und dein Abbild majestät'scher Weise als von Mir gegeben und gewollt im Werdekreis der blühenden Äonen.

Was du dir einst gestattest, wird in Meinen Universen statthaft sein; was du gewinnst an Seinsbewusstheit wird behutsam und bewundernswürdig in Mir tagen. Nie enden wird der Reiz des Neuen, das Ich in dir impulsier und das in Mir sich formvollendet in den Weiten Meiner Räume präsentiert als Seinserrungenschaft von höchsten Graden. Die Wächter stelle Ich, du brauchst nur auszuschwärmen aus dem Haus der hundert Siegel, um in Meinem fabelhaft dich einzurichten ohne Tür und Tor und ohne erdbedingtes Wanken. Deine Seele wird in Meiner wie verklärt und möchte jauchzen vor begeisterndem Genügen, das sich einstellt, wenn die Stunde der Befreiung hat geschlagen. So und immer so gestaltet sich, was Meiner Absicht zugetragen, wird was im Erkennen - Meiner Stärke Widerhall bedeutet, früh und spät und seelenselig hoch gediegen.

Eifer ist gering vonnöten, wo das abergrosse Schweigen in sich selber sich versteht als Agens der Gerechtigkeit und Milde, Seinsbekörnmlichkeit und Wachheit auf der Götterspur.

6.9

Edelmut und Treue weisen auf das Gute hin, das Ich Mir Bin in allen Situationen. Nicht zu beugen ist Mein Wille, wo die Fahnen des Begeisterns flattern für ein Werk der grandiosen Seinskultur, die Ich begründe und die Mein ist als Geschichte und Geschick in all den Meinen. Weisheit ist es, die Ich weitertrag zur Fördernis der Weltenangelegenheiten, Harmonie begründend, Achtung, Mass und Meisterschaft im Zielen. Redlichen verleiht sie Kraft, ihr Ideal durch alle Wirrnis wie ein Mahnmal aufrecht zu erhalten; Ramponierten reicht sie, sybillinisch lächelnd, einer Lösung Los, die seinsbefriedigend wirkt und seelenfestigend in noch so unbekannten Untergründen. Starkmut ist mit Weisheit tief verbunden, weil die graden Wege Seinsdynamik fordern, sie in rechter Weise zu begehn. Wer so am Schreiten,

Kämpfen, Wachen und Geduldigsein Gefallen findet, findet auch Mein Ziel, das Überschauen, Würde, Nachsieht, Zartheit, Heiterkeit, Gelassenheit und Anstand ist in unermesslichen Dimensionen.

Du klage nicht, wenn Prügel dich besausen. Aus Leid ersteht die Freude der Beständigkeit im Seelenreichtum, dem du Nahrung gibst im hoffnungsvollen Leben. Transzendenz, Verwandlung hebt dich himmelan in nie gekannten Massen, wenn dein Leibliches zum Gegenstand des Fortschritts wird, ob es dich noch so zwickt und hin und her zieht in des Tages Reigen. Rufe das "Ich Bin" in dein Besinnen und sei Mein in Tugendhaftigkeit und Glorie des Auferstehns aus allen Nöten. Weite deinen Blick ins unerschütterliche Seinsbeschauen, wo weder Weh noch Zwietracht ihre Stätte haben und Geringstes gross ist vor allmächtigen Augen. Labsal, Seligkeit und perlende Bewusstheit werden sich in dein Erfahren schmiegen, allsobald wie du die Schwelle überschritten vom bescheidnen Sosein zur Allherrlichkeit in Mir, die dich allein befrieden kann nach langelangem Suchen.

Ich Bin und Bin dein Wesens lächelnde Gebärde allezeit, ob du's erkennst und ob du noch gehalten bist, dich Meiner würdig zu erweisen.

6.10

Mayday, mayday, wirst du einmal rufen und dabei in Meinen liebevollen Armen untergehn. Was wird geschehn? Dein kleines Ich muss schmachvoll seinen letzten Zug erleiden, der sich dann als Eingehn in Mein Reich der höheren Wirklichkeit erweist zu deinem freudigsten Erstaunen. Facit: Lass das Kleine allsobald wie möglich schiessen und huldige der grossen, wahren Ichheit, die Ich Bin in deines Wesens katakombenhaften Tiefen. Suchst du Licht und Lichtes, lass Ich Mich ja noch so gerne von dir finden, weil Ich möchte wieder in dir in Mein Eignes gehn. Stand zu Stand und Unverstand zu Unverstand ist hier zu sagen; Gang ins Grenzenlose ist dein Los.

Einmal wirst du dich für das erwärmen, was Ich propagiere und voll Verve erkennend alle Grenzen überfluten, die du jetzo setzest, um dein Weitergehn in

Schritte abzuteilen, die dir angemessen sind. Das wirst du tun gemäss dem selbsterwählten Schicksal, das dich treu und unfehlbar begleitet auf der Lebensbahn. Schnecken schleichen, "Sunny Boys" spazieren, Pferdchen traben, Sonnenhafte rennen ihre Bahn, und jeder wählt und zählt, was ihm bekommen soll in seinen Runden. Zähl und wähl auch du und wähle gut, damit du schleunigst das erlangst, wovon die guten Geister in dir träumen. Lass dich noch von keinem Laissez-aller in den Stillstand treiben; fördre wo und wie du kannst dein Weiterkommen auf der seinsgerechten Runde, die dich zu absoluten Wundern führt des Selbsterkennens und der Sicherheit im Seinsgefühl. Nicht Heinze oder Kunz, noch irgendwer bist du dir dann, doch das "Ich Bin" in seiner Einzigartigkeit und seinem Flammen wie die Feuersäule vor dich hin, gelobtem Land entgegen. Du Bist und darfst es im "Ich Bin" noch tausendmal dir wiederholen, bis dir die Öhrchen klingen wie von Sterngeläut und dir das Herz in Überfülle glutet von der Freude, die dir dann zu eigen.

Sehnend, brüderlich und unaufhörlich reicht der Himmel dir die Hand der Güte in dein Schattenreich hinüber, dein Beginnen zu erhellen und dein Ende in die Glorie zu versetzen einer überwältigenden Gotteswahl.

6.11

Bringen, singen, dringen, klingen sei dein Wortgeriesel in der Morgenröte einer Zeit des Wohlverstands und der Besonnenheit vor lichten Toren, deren Flügel allen Seinsgewaltigen offen stehn. Ich habe dir seit eh das Nest bereitet hier, in dem du selig, ewig deines Seins Vollendung feiern kannst in grandiosen Zügen des begeisternden Elans. Kein Ducken, Mucken, Langeweile-Schieben und Versauern stellt sich deinem Glück entgegen, wenn du einsiehst, wie gewaltig deiner Kräfte Bund sich etablieren kann im kosmischen Geschehn. Du lächelst und schon wird ein Sommersonnenwind geboren; du siehst dich in der Ahnenreihe deiner Herkunft als der letzte, beste Bürger an und setzest in Gedankenschnelle das in Szene, was dir eben einfällt, regelrecht und wahr. Nichts Trockenes und Eingepökeltes wird dich beschleichen; jede Regung des Gewissens strotzt von

Seinslebendigkeit, Gediegenheit und Zartheit, wie von "common sens" und Leichtigkeit in absoluter Harmonie mit den Gesetzen, die die Himmlischen verwalten. Reinheit, ruhiges Gewahren deiner Situation wie Edelmütigkeit sind dir in Selbstverständlichkeit dahingegeben im beseelten Einssein mit dem Höchsten, das da Ist und war.

Mehr hab Ich deinem Zustand nicht mehr zu vergeben, weil Ich alles dir vergab, was in Mir ruht an seiender Gewährnis und an Seinsentzücken, die Mir ein und alles sind im schweigenden Beschauen meines Reichtums hoch und her. Gewaltigen wird Seinsgewaltiges gegeben in der Fülle aller Seligkeiten, denen sie sich anempfehlen und die im Zauberhaften sich entladen. Bist du willens, dies zu tragen, trag Ich dir das Siegel der Erlösten an, die freien Ursprungs freies Ende auch gefunden nach der langen Fahrt ins Ungewisse, Seinsgewisse, dem die Götter huldigen, ein jeder auf die seine Art und in sein eigen Buch geschrieben. Sollst du? Ja, du sollst dein eigen Reich erbauen unter deinesgleichen, wie im Wind der Gnade, der von Mir hinzugegeben wird dem grossen Werke, das Ich Bin und bleibe, biegsam, schmiegsam, mächtig, lind und lieb im wonnevollen Einklang mit Mir selbst im Wunderbaren.

6.12

Jeder Not entstiegen steig Ich hoch im Drachenspiel geflügelter Gezeiten. Jetzt und jetzt Bin Ich das Unversehrte, das sich selbst erkennt im Gegenwartsbewusstsein hier und hier. Steh Ich im vollen Sonnenglänzen, Bin Ich soviel minder doch beschienen, als vom eignen Überstrahlen, das Ich in die Ätherräume giess. Glanz vom Glanz zu sein ist Mir gegeben im Erkennen Meiner Ebenbürtigkeit mit dem, was Ist und was sich selbst Gedeihen spendet.

Ich entlarve alles Schattenhafte mit der zündenden Idee des Idealen, das Ich Bin und das Ich Mir seit eh und je mit auf den Weg gegeben des Vollendens einer sagenhaften Kür. Gestaltung ruft Gestalten auf den Plan. Erlebnishunger will gestillt sein zu x Malen und bedarf unnennbar süssen Phantasierens, bis die letzten Triebe noch ins Kraut geschossen und Gestilltheit überhand nimmt in der Mutterschaft des Seinsnatürlichen, die Ich zu Trost, Erbauung und Erhabenheit gestiftet habe. Nunmehr brauch Ich keine Pole mehr hinwegzuschleifen, weil ich eins in allem Bin und jede Lücke, sei sie philosophisch, philantropisch, oder lebenshinderlich mit Wissen Meiner Art erfülle, das Erkennen ist des Einen und Gerechten wunderbar.

Den Stab gebrochen hab Ich über allem, was da unnütz und gespensterhaft das Sein beleckte, dessen Ich Mich rühme und voll Selbstvertrauen auch bediene, um zum einen, reinen Ziele zu gelangen, das Ich hüte und vergüte wie die Sonne ihren Strahl. Manifest der Hoffnung darf Ich allen sein, die nach dem Mehr in ihrem Seinsgewinst verlangen; Gutwort, Guttat Bin Ich den Gerechten an der Welt des Unverstands mit ihren Tücken und Veralterungen. Ewig neu ist, was in Meinem Mich-Begründen sich vollzieht; ewig lauter, ewig graziös und edel im Beschreiten Meiner Bahn, verhelfe Ich Mir wohlerwogen, heimlich und geheimnisvoll zur heiteren Gesinnung, die Bedingung ist des würdigen Einhergehns auf der Götterspur.

6.13

Den Augenblick zu weihen geh Ich aus und kehre augenblicklich in die Welten Meines Seiens wieder. Was Ich meine ist das Zeitenlose, das sich Mir ergibt im perlenden Gedanken, wie im Bild, das unverzüglich vor dem innern Blick ersteht, um sogleich wieder zu verschwinden. So entstehen Welten des Beschauens Meiner Gegenwart in noch so vielen Situationen und lösen sich im Dunste des Vergessens wieder auf, als wären sie niemals und nimmer dagewesen.

Nur, dass Ich immer Bin kann Ich im tiefsten nie bestreiten, beginnend nicht und ohne je Mein Ende abzusehn, weil Ich bewusst und blank im Zeitenlosen schwebe. So brauch Ich weder mit Terminen noch mit Terminals Mich wild herumzuschlagen; leer sind Mir Agenden, Pflichtenheft und Ferienplan, wogegen Meiner Fülle alles zugehört, was sich begibt im sinnenfälligen Gepränge, wie im Sinnkreis der Ins-Leben-Eingeborenen. Berührt und unberührt Bin Ich, weil sich alle Dinge in Mir selber rühren. Weise über Weise muss in Meinem Fall ins Paradoxe gehn, das Wohlverstand und scharfes Denken keineswegs zur Lösung führen können. Nur Erkennen löst das Widersprüchliche im Handumdrehn und lässt die Gegensätze ins Entspannen gleiten ewiger Harmonie, die Ich begründet und seit eh und je in Mir aufs innigste erfahren habe.

Stehst du vor Mir da, so stehst du auch in Mir mit allen Attributen der Glückseligkeit, die Ich beständig in Mir trage. Treue, Sehnsucht und Behutsamkeit bewirkt den Übergang in Meine Sphären unverwandelbarer Ruh und Stärke des Gewissens vom All-Einen, das Ich Bin in dir. Wahrhaftig träumst du dich in Meine Wirklichkeit hinein, erwachend wo du bist als Mein Idol und Mein Ins-Sein-Erhobensein in hunderttausend Gnaden. Rein und zart und zärtlich ist, was Ich im Seelensein begründe derer, die Mein Reich touchieren; weich und festgefügt ihr Schauen ins unendliche Gefüge Meines Gabentempels, dessen Türme im Unendlichen sich verlieren.

Was Ich wetze wetzt die Scharte aus, die Ich Mir im Erfinden Meiner Zeitlichkeit geschlagen und versöhnt, was zu versöhnen ist im Bild der Einigkeit und im Befrieden aller Weltenszenen.

6.14

Ich Bin die allerfüllende Gerechtigkeit, die Lieb- und Zartheit im Erfüllen Meiner Mission. Es gilt, ein Sein zu propagieren von der Art, das alle Artenträger sich ersehnen in einer Welt des Freimuts, des Gewinns und des Vermögens, noch in jedem Gran der Schöpfung Götterherrlichkeit zu sehn. Lichtheit Bin Ich sondergleichen, strahlend aus Mir selbst Kaskaden reiner Helle in die Ätherräume, ungeschaut von Menschenaugen. Sein in Schönheit, Hauch in Hauch ist Meines Wesens letzte Hülle, die das Allerletzte doch verbirgt vor aller Welt in seinsunendlichem Geheimen. Noch so viel von Meinem Wesen magst du in Erfahrung bringen, kennen wirst du niemals, was Ich Bin, es sei denn, dass du alles, alles Eigne lässest von dir fahren. Nichts ist Menschenarmut im Vergleich zu dem, was Ich Mir Bin in Meinen Treuen, um schlussendlich ganz Mich selbst zu sein im Schweigen ohne Widerhall in Meinen Aberräumen. Was Gedankenstille leistet, deck Ich auf im zarten Impulsieren fabelhafter Bilder ins Gemüt der harrenden Gemeinde; was entirrt, ist von Mir jedem auf den Pilgerweg geschrieben.

Meinung über Meinung mag sich von Mir, Blatt um Blatt, bis ins Gigant'sche häufen; Legionen mögen wähnend Mir zu Seite gehn, doch Bin Ich's immer nicht gewesen, was sich kundtat, immer waren's Meine geisterhaften Diener, die vom Glanz sich nährten in den Hallen Meines Mich-Verwehns. Öffne dich und schliess dich wieder: Etwas ging hinein, was du auch nicht erkanntest von der Dignität, die Mir zu eigen; wärme dich am Kohlenglimmen und enthalte dich davon, von Meinem Brand zuviel zu kosten, der durch Mark und Adern geht schon in den allerfeinsten Zügen.

Ins Gedeihen setze, was dir frommt; zuviel ist auch zu wenig und zu wenig ist zu viel in Meinen Gärten des harmonischen Empfindens und der Seinsgerechtigkeit, wo alles seine Zeit hat und sein Mass. Versetze dich voll Verve in dein Hinieden und benetze dich mit Tau des Himmels, dankbar und gestillt in linden Freudenströmen.

6.15

Hegst du Zweifel, suche, dass du Bist noch zu bezweifeln. Das gelingt dir nie. Daraus aber kannst du vieles, was dich inniglich betrifft, beweisen: Dass du atmest, sagst du dir. Doch im Grund genommen atmest du die meiste Zeit noch ohne es zu wissen; also atmet etwas, was du nicht erkennst, in dir. Wer lässt denn das Blut in deinen Adern kreisen; wer verwandelt was du täglich issest in die Kräfte, die dich zur Bewegung treiben? Alles, alles die Natur, der du gehörst, wie Kinder ihrer Mutter angehören. Siehe da, dein Leib gehört ja gar nicht dir. Als Teilchen der Natur ist er dir nur auf Zeit geliehen, dem, was du wahrhaft bist, ein Haus zu sein und eine Stätte des Dich-selbstBeweisens. Siehst du deinen Leib, der ja nicht dir gehört, so kannst du eigentlich dein wahres Wesen nicht besehn. Es ist ein geistiges in seinen Wundern, Kapriolen und Gemeinsamkeiten mit den andern Wesen, die sich um dich tummeln und sich selber auch nicht kostatieren.

Der ist geizig, der ist frech und der ist gütig, wirst du sagen; doch als was erkennst du deine eignen Gründe, währenddem du handelst, ohne es zu wissen, einfach so, der Situation gemäss? Du kannst es Mir und dir nicht sagen. Demnach ist es so, dass auch dein Ich-Gefühl dir selber nicht gehört. Es ist im Wesen der Natur begründet, die in dir ihr Dasein fristet und erlebt. Ganz Natur bist du und ganz in ihren Schoss gegeben, der da sprosst und blüht und seine Kinder hütet und befördert und begütet und bewahrt. Und bist du nicht dich selber, so bist du die Natur in ihrer Weisheit, ihrer Schönheit, ihrem Lieben, ihrem Wachsen und Vergehn. Du bist und bist ihr Sein, das aus geheimnisvollen Höhen sich entfaltet und sich aus sich selbst bewegt in unermessnen Dimensionen. Des Gedankens Kraft ist wie ein Gnadenstrom in dich gegossen; dein Hochgefühl ist ihres Fühlens Zierde und dein Wille ist der Wille eines Vaters, einer Mutter über allem, der uns liebevoller Weis zum Freudenvollen führt.

6.16

Was ändert deinen Sinn, wenn nicht das ruhevolle Überdenken deiner Lebenssituation. Was ist dir wichtig, was gering, sollst du dich fragen und dabei betonen, dass es immer um das Höchste, das Erstrebenswerteste dir geht. Dem einen sind's die Pflaumen in des Nachbars Garten, dem andern, etwas Zeit noch zu gewinnen für das Leben seiner Wahl. Was soll es sein an sich für jene die da streben nach des kleinen oder grössem Glücks Erfüllen auf der Bahn der myriaden Möglichkeiten?. Ich sage: Schau Mich an und siehe da: Mir ist nichts wichtig, weil Ich lang schon das Bin, was Ich Bin in Meinem Mich-Begründen. Unvergänglichkeit ist mit Problemen nicht beladen, die da kommen und verwehn. Meine Stärke ist das Einerlei in Meinem Mich-Ent-scheiden für das Eine oder Andre, denn im Grunde ist Mir alles, alles gut. Ich seufze nicht, wenn andre Mich betrügen, rede wenig und dann nicht von Mir, weil es da nichts zu reden gibt, was von Bedeutung wäre. Das Sprichwort keim Ich nicht: Der Tag hat seine Tücken, sieh dich vor. Ich blaue vor Mich hin und Bin Mir Kraft, Beständigkeit und Ruh in allem, was Ich unternehme. Auch in dir will Ich so sein, wenn du Mich nur gewähren lässest von der Rosenmorgenfrühe bis zum abendstillen Scheiden Meines Lichterscheinens. Zaubre also in dich den Gedanken, dass ein Höh'res in dir wohnt, das seine Mission erfüllen will und seinen Sinnspruch will in dir verbreiten. Tust du dies und tust du's ganz und innig, überall und immer, hast du schon das Wichtigste getan, das dich von Fall zu Fall dem Wunderbaren Stein entgegenführt. Neige dich zu dem, was ruhig in dir west an losgelösten Ambitionen, die dich selber nicht betreffen, sondern Mich als Ganzes, als Verbindendes, als Führendes im abergrossen Weltgeschehn. Richtig machst du's, wenn du allen Rechtens dich enthältst und auf den Spuren wandelst unbedingten Seinsgehorchens in der Mitte deiner Zeit und bis zu ihren Enden. Das ist's wahrhaft, was geschehen soll im Freudenviertel einer Welt des wahrhaft Mich-Verstehns-und-Mich-Be-glaubigens.

6.17

Bedeute dir, was Ich Mir stets bedeutet habe: Nichts und wieder nichts, als hoch erstrebenswertes Seinsidol. Es murrt, es surrt, es wacht und macht es platzt und kracht, es schleicht und weicht, es grünt und kühnt in Mir, doch ohne Mich im Grund zu treffen. Einsam Bin Ich doch in unvermittelbarer Freie von jedwelchem Bindungsstand und jeder Haftung, die sovieles noch in Meiner Hemisphäre prägt und Unruh stiftet partiell im glattgestrichnen Teich der Wiederkehr ins absolute Schweigen. Was die Ränder kräuselt dessen, was Ich Bin kann nicht von Dauer sein und bestätigt das erhabne In-Mir-Gründen als in einer Sphäre liebeluftigen Strömens, wo die schwebenden Gedankenschleier in die Höh getragen werden und sich mählich wieder in ein Niemandsland verwehn. Was in Mir bleibt, sind Seligkeit und Schweigen, wachendes Mich-selbst-Erleben und Gemeinsamkeit mit allem, was da Ist im kosmologisch angehauchten Weltentreiben. Damit fährt ein Nimbus von Beweglichkeit durchs Numinose Meiner Züge und gebärdet sich als

Eigenes und Ungehaltenes in Mir. Wirkung stösst zu Wirkung und verwirklicht sich im Aberrundlichen als Ausbund Meiner Kräfte, Lebensblüten treibend, Raum gestaltend und die Folge zwei nach eins und drei nach zwei in unermessnem Sich-Vermehren.

Sand ist ein Symbol für's vielerlei, das sich im Myriadischen in Mir ein Stelldichein gegeben. Zähler kommen da nicht hin und Nenner stossen ebenso an Grenzen, weil sich im Intimsten nichts benennen lässt nach Keim und Grösse, Fluss und Meer. Nur die Sorgfalt des Erkennens und Bezeichnens ist in Mir gegeben, weil Ich Meine eigne Festigkeit durchschaue, wie der Astronom die Galaxie durchschaut, doch ohne noch die Fähigkeit, den Zwischenraum als Wirkliches und Wirkendes zu sehn. So türmt sich Seinsgeheimen um -geheimen vor die Augen der Geschichtlichen und fördert sie im Grübeln, bis sie unter tausend Häuten nichts und alles tränenlächelnd in Mir finden und verstehn.

6.18

Sanftmut, Freimut, Übermut und züchtiges Bescheiden sind Mir ebenso gegeben, wie die Lust auf bodenständiges In-Mir-Beruhn im still gewordnen Weltentragen. Ermessenssache ist Mein Handeln, immer recht und immer Unrecht, je nachdem mit welchen Augen man's besieht. Ich erdaure Meine Würde mit Geduld und sende Kostbarkeit um Kostbarkeit wie Perlenglanz in Meine Sphären. Weiter dräng Ich das Begonnene durch Kraft und Stab und Locken und Begüten, bis sich alles fügt in Mein Konzept nach freier Einsicht in das Meisterhafte, das Ich inszenier in allen Reihen minikrimen Strebens. Wall im Hinnen, Weistum drinnen legt den Fortschritt auf die Fährte Meines wuchtigen Begünstens der Getriebnen wie der Treiber vor Mich hin. Lehnt es sich auf in dir, so ist es nicht Mein Lehnen. Tanze Ich im endlichen Gelingen, singt Mein Werk sich selber Psalmen zu und schlägt die Rassel in begeistertem Hallo ob einer Marke, die erreicht ist und Bestand hat für das intensive Weitergehn. Gesagt, getan ist die Devise des rein Göttlichen in allen Landen transzendierender Vernunft und übermenschlichen Begabens. Hier, diese Laute ist zu spielen blendend schön, sowie du Meine Pulse wahrnimmst in den Adern. Zug um Zug und Strich um Strich ist dir von Mir gegeben im lebelang lebendigen Chor von Musikanten. Warte nicht und mach den Schritt voran ins Unbekannte ohne Überlegen und Ermessen, dass Mein Walten stimmig und erstaunlich wird von Hand zu Hand, von Handel zu Genügsamkeit und von der Absicht zu glückseligem Gelingen.

Das Gute muss nicht immer gut beginnen, das Beste endet scheinbar schief und offenbart doch seinen Wert im weisen Hinterfragen. So bist du in jeder Weise deines Flötens bestens in Mir aufgehoben; deines Willens Stärke mehrt sich am verzwickten Gegenstand, dein Sinn für Schönheit findet an der Hand der Sehnsucht nach Gelassenheit sein Ziel. Bedenke, dass Mir das Energische in deinen Zügen wohl gefällt, das Wache und Bestimmte, dem sich eine Welt voll Ungeregeltheiten fügt und Mir zu Ehren das Erhabne bildet, lieht und leicht, gedeihlich und versöhnt.

6.19

Das Milieu in dem Ich Mich bewege ist gerade deins in dem Moment, wo du erkennend deine Dinge überbeugst und dein Bedeuten dir errechnest im natürlichen Gewoge. Wohin du willst magst du den Sinn verpflanzen, immer Bin Ich da in dir und deinem Gegenüber, ohne Abstrich im geheimen Schrittmass göttlicher Präsenz und menschlichen Gehabens. Lächelst du, so lächle Ich der Welt den Sang des Wohlgemüts entgegen. Mich belauschest du, wenn weisse Schwäne majestätisch friedvoll ihre Schleifen übers Wasser ziehn. Jeder Keim noch ist vermischt mit Meinem Samen; jede Blüte öffnet ihre Düfte Meinem Strahl.

Getaufte sind die Wesen all von Meines Atems Güte; Getragene sind sie vom Lebensstrom, der von Mir ausgeht und in Meine Tore mündet über die Äonen hin. Nur du bereitest dir Bedenken über deinen Fortgang, fällst in Hast und schmorst im Tiegel der Begehrlichkeiten, blind und taub für Meine Drift in dir Unendlichem entgegen.

Schmeckst du nicht den Ansatz zur Beschaulichkeit, den Ich dir vor die Nase halte, wenn du einmal inne hältst in deinem Rudern; spürst du das Entzücken gnadenvoller Ruh, das dich ergreift, wenn du dich selbst vergissest und nichts weiter als die Dinge bist, die dich bedeutungsvoll umgeben. Ihnen hast du's zu verdanken, dass du sein kannst eingebettet in die Harmonie der Schöpfung, als Betrachter der Gegebenheiten und Begleiter ihres Stils. Du unterscheidest, ob sie Weise oder masslos sich benehmen, an ihnen missest du dein eignes Tun und bist dir zu Gefallen oder nicht, je nach dem Ast, auf den du dich begeben. Waltet Trauer, siehst du deine eigne in dir glänzen; Ausgelassenheiten stossen, was in dir ist an und lassen dich vor dir als Ausgelassenen erscheinen. Bann zu Bann und Illusion zu Illusion musst du dir so gefallen lassen, bis allein das letzte, beste in dir Ist, Mein Sein, wie in die Wolken hochgehoben und herniederschauend auf dein eigen Wehn und Treiben. Unverführt wirst du einhergehn als der königliche Unbeschäftigte und Klargesichtige und wirst den Wagemut zum Übergang ins Andere um dich verstrahlen. Meinem Sein ergeben, gibst du dich dem Wohllaut des Unendlichen dahin und lässest Seinen Sang sich auf der Harfe, die du bist, verspielen.

6.20

Nichts ist von der Hand zu weisen, was vor dir erscheint als Mein Erscheinen und Mein Bluten und Bedürfen, deinen Sinn zu stählen für das Wesentliche in des Lebens Unterfangen. Marketender der Bewusstsamkeit Bin Ich in allen Landen Meiner fahrenden Beschäftigung mit unvergänglichen Gütern. Dir zur Minne weit' Ich Meinen Schoss und lasse Seelenlustbarkeiten noch und noch aus seiner Mitte spriessen. Was Mich treibt ist immer Phantasie und Fülle des Erwartens, was da kommt an unvermittelten Nuancen, ist die Schau von Prächtigkeit und Trächtigkeit, die Mich bezaubert und zum Zauberer erhebt der Wohlgefälligkeit und des Betörens. Front um Front erhebe Ich an wirkungsvollen Illusionen im Jahrmarkt der Gezeiten, die, von wenigen durchschaut, die vielen in Bewegung halten, ihrer Lust zu frönen, ihrer

Daseinswut und ihrem Ihre-Personalität-Verwöhnen. Wer aber kommt und sagt: "Ihr seid Mir rechte Narren, so zu tun, als ob das alles wirklich wäre, was ihr so verehrt", wird gleich verhöhnt und in die Ketzerprangerhaft gestellt als Spielverderber, Nestbeschmutzer und Banause. Nur Einsicht könnte helfen in die Wundertaten Meiner Kür im Absoluten, die da Lösung sind des gordischen Verknüpfens einer längst verlornen und vergornen Massenhysterie. In reichlichen Impulsen trete Ich behutsam, unausweichlich und berückend auf den Lebensplan und wende alles Augenscheinliche im Schein der Augen zur erhabnen Harmonie des Seinsgestaltens, das dem Äusserlichen Halt und Stütze ist und Form und Mass in hochlebendigem Sich-Vergeben.

Wo Innres im Bewusstsein mit dem Aussen sich vermählt, da Bin Ich voll im Elemente der Alleinigkeit und des Bewahrens Meiner Tradition von wachem Alles-um-Mich-her-Gewahren und Erfahren als das Sein, das Ich Mir Bin im Ausbruch, wie im innigsten Bescheiden. Stillung ist dein Los, wenn du gewissenhaft und treu das Ziel verfolgst, dich zu erkennen und dabei Mich erkennst in staunendem Erröten.

6.21

Gerade nicht erholsam ist, was Ich in Meine Welten impulsiere an Beschwerlichkeit und Unverständigkeit im Trott und Tross der Generationen. Unbill macht bewusst, will Ich betonen im Sermon Meiner Gegensätzlichkeiten; Kränkung reinigt und Attacken machen fit und seinsgeschmeidig auf der furiosen Lebensschlängelbahn. Je stärkrer Schwung, je klarer zeigt sich eine Mitte, welche links und rechts und oben, unten, her und hin zusammenhält und den Extremen Equilibrium verleiht, das erst im Grossen so und so Beständigkeit und Wucht entfesselt, abergründiger Weise im Zyklopenspiel.

Im Wohlbedachten sammeln sich die Kräfte, die sich potenziert ins Werk verströmen. Heisssporn muss der Künstler sein, um seinen, Meinen Ambitionen zu genügen und im Bändigen des Ausbruchs Schönheit zu gestalten, Fortgang und Gediegenheit in seinsbedingten Massen. Wirkung ist ins Soll von Meiner Dimension geschrieben; Gliederung entspringt behutsam Meinem Ziselieren an der Welt der Dinge und Gestalten, die schlussendlich allesamt an Meinem Gängelband spazieren gehn. Wirt Bin Ich im Raritätenladen; Zauber-sprüche fülle Ich, Gerechten und Gestrandeten entgegen, Meine Hoheit aufzurichten überall und ausnamslos im wesenhaften Scintillieren.

Das Geglückte muss den Raum mit Glück erfüllen; das Getane reicht der Ruh die Hand und gibt dem Überschauen Stil. Sanftmut, Milde und Gedulden stehn dem Rauhen gegenüber, das da Schlachten schlagen muss in Meinem Auftrag und in Meinem Mich-Begründen als das Schicksal ewiger Präsenz im Weltenweben.

Erdauern, nicht bedauern sollst du, was dich trifft und trefflich macht, so weit dein Einfluss reicht und dein be-ständiges Weiterschreiten als der von Mir Gestählte und Geheiligte im grossen Brausen. Walten durch die Ruh ist die Devise, die am Ende alles übersteht und Sieg und Sieger kürt im Seinsgewalten.

6.22

Apotheose Meiner selbst im Wesenhaften, ist das unerschütterliche Ziel. Sei's in Ränken, Schwänken, Tränken, silberhellem Glitzern, Singen, Bringen, dass Ich Mich in seine Nähe stosse: Es ist Geschehn und Wirkgewand und Wunde, Freudenschein und Faszination in einem, die Mich solcherart erfüllen und bewegen, das Urewige zu tun. Schmackhaft mach Ich Mir, was du zu schmecken dir nie wünschen würdest, wäre nicht Mein Sog und Drang dahinter und davor und kündigten nicht Meine Sterne dir wie das Geläut von hunderttausend Glöckchen ein Beglücken an von unsagbarer Schöne. So ist das Illusorische, in dem du lebst, zugleich das Medium des Fortschritts in den Welten Meines Auferstehns. Es ist die Blende vor den Augen, die dich nicht erschrecken lässt vor den Gefahren, die da lauernd dir am Wege stehn und die dich fassen solchermassen, dass du wie auf Messers Schneide haarschaft um das Fallen dich bewegst. Wäre nicht zugleich Mein Halt und Hort, Mein Wort und Meine Wachsamkeit in dich gegossen, du kämest nirgends hin, wie es soviele Fälle auch beweisen, denen das Vertrauen fehlt in Mein allgegenwärtiges Begüten jeder Situation.

Lebendiges will Leben auch um jeden Preis erhalten; Beglückendes will seinen Strom in alle Herren Winde führen und die Liebe will verzeihen, wo die Fahnen auf Befehden stehn. Nie und nimmer kann Ich von Mir selber weichen in den Seinsgegebenheiten, die Mich mild und wild durchwehn, in denen Ich Mich selbst beim Namen nenne und Bedeutung, Niedertracht wie Gottgefälligkeit erreiche, wahllos, zahllos, siegessicher, hochgemut und wahr. Meiner eignen Willfahrt hingegeben tauche Ich in Meine Tiefen und berausche Mich am Sein, das Mich durchsprudelt und belebt und schliesslich ins Entzücken hebt des Schauens Meiner Unversehrtheit, Meines Heils im Ewigen, wie der all so süssen Wonne des Mich-selbst-Verstehns.

7

Meisterschaft im Deuten

7.1

Höchster Kraft Beschaulichkeit vollzieht ein kategorisch Werden in bewusster Harmonie mit jeglichem Geschehn in raumestiefer Seinsverschwiegenheit, gerecht und weise wie es sich geziemt im übersinnlichen Gehaben. Eine weitgedehnte Liturgie hebt an gedankenvollen Bildens, das dem Heiligen entspringt und heilend Kreise zieht im unermesslichen Erdomen. Ein Weben ist's und Streben ohnegleichen nach Gerechtigkeit und Milde, Heiterkeit und makellosem Sich-Verspielen an die Träume der Gottseligkeit, die allem innewohnen und bewusst den Geistesfortschritt wollen, ohne Aufruhr, still erhabenen Gemüts und lauschend dem Erklingen reiner Glorie im Andersartigen. Gewiss und wohlerwogen gleiten die Begrifflichkeiten durch den Andachtsraum dahin, wo Übereinkunft herrscht mit allem Seinsgekonnten und zur Form Gefassten hier und dort und dort und hier, so weit die Ätherblicke tragen.

Was geschieht ist immer ein Entströmendes dem Unbezweifelbaren, das vom A zum O authentisch ist und weltentragend und erschöpfend Rechenschaft sich selber gibt, gerundet und zuinnerst zur Vollendung hochgezogen. Meisterschaft im Deuten ist vonnöten, um im Ansatz schon das Ganze wohlgestalt und seinsgefällig anzusehn; liebevolles Rätseln führt zur Schau bedeutungsvollen Glimmens im Natürlichen, das dem Entzücken Bahn bricht und das Eine mit dem Anderen verbindet, nahtlos, taufrisch und gediegen. Kostbarkeit um Kostbarkeit wird uns erzeugt in kerngesunden Runden des begeisternden Elans im fabulierenden Gedankenstoss, der neue Werte schafft nach Treu und Glauben und geziemender Behutsamkeit im Vorwärtsstreben. Licht und lässig steigt aus Urpotenz Gewichtiges ins Seinsbehagen und erfährt sich selbst als Beistrich zu den Sätzen in den Folianten ewigen Beschreibens, Treibens und Gewinnens der Bravour. Das Erwählte und Erzählte trägt das Zeichen unbescholtnen Ursprungs als dem Sein Entspriessendes, an dem die Augen der Betörten hangen, um den Sinngehalt und die geoffenbarte Grazie zu ermessen, die ihm innewohnt und es erbaulich macht im

Morgenrot der schönen Künste, die den Götterhimmel zieren.

7.2

Du siehst dich mitten in den Dingen die Geheimnis bleiben müssen den profanen Rädelsführern zu den Ufern einer Wirklichkeit, die keine ist im Seinserfahren. Aufsplittung wird zur Einheit jeglichen Geschehns und Auserlesenheit zur Sinnkraft für die Vielen, die noch der Erlösung harren aus der Eitelkeit des Sinnenwahns. Ruhig Haupt in klarer Sicht auf was dir frommt gewährt dir das allherrliche Bedenken deiner Situation und schafft Vertrauen in das Kommende, das, wie die Harfe klingend, dir entgegenströmt. Du weckst in dir, was wirken soll in deinen Zeiten und erweckst dich zum Begründer einer Schau von unsagbarer Schöne des Erhebens. Wie du wirst, kannst du allein nur sagen; wie du sein willst, streckst du jetzt die Hände aus und tauchst sie in das Künftige des innigsten Erlebens. Der Status quo ist nimmer beizuhalten, wo die Segel auf Verwüstung stehn und Neubeginnen in erhabeneren Runden und in Kraft von Kräften, deren unerschöpflicher Elan die Weiten pflügt des Brachlands, das sie mütterlich bepflegen.

Seinsgewoge waltet, wo die Meere enden spielerischen Untergangs ins Zeitliche; Bewusstheit tritt an Stelle blinden Suchens nach Gewähr. Was schön ist, kann sich nimmer in die Hässlichkeit entladen; was Treue von sich fordert, wird sich niemals von sich selber schleichen und besteht den Drang nach Weichlichkeit im Streben. Das Erreichte zu behüten ist schon viel; viel mehr noch fordert dich der Zug zum Seinsgewinn auf neuen Wegen, die ins Unbekannte, Fährdenvolle führen. Nimmer darfst du motionenflüchtig stille stehn; es zwicken dich die Geister wo sie dich siestenfroh erwischen und bewahren dich davor, Gedankenfäulnis anzusetzen, so und so.

Was nimmer ruhen kann, muss sich die Ruh erfinden in der Seinsnatur, die allem innewohnt und die als Auge im Taifun und Mutter aller Aktionen das Glückselige erfährt an sich, das ihre Stätte ist und das sich wundert über alles, was da ist im Wunderbaren. Heimat heisst, aus Seinsgewissheit handeln, Unversehrtheit - Schritte aus der Mitte tun, um allsogleich in sie zurückzukehren. Bin ich, kann mir keine Unbill schaden, weiss ich mich im Sein, ist musterhafte Tröstung mein Brevier. Das graziöse, zierliche des Lebens tritt gesteigert ins Erscheinen und bestimmt den Zeitlauf, der, ein ewiges Gemurmel, Süsse plätschert, Trautheit, Lieblichkeit und Wonne vor sich hin.

7.3

Immergrünen Weiden träufelt Nektar zu aus ewig blauen Himmeln, die Gesegneten zu laben einer Gunst die niemand muss entbehren, wenn er will und will das Höchste, Beste, Reinste sich erküren. Gelegenheit ist da und Wissen das Erstrebenswerte kühnlich auch zu tun. Die Lebenswinde brausen und die Segel sind geschwellt für grosse Fahrt ins unerschöpflich Wunderbare, das in Keimen trägt, was will entfaltet werden von der kräftevollen Geisterschar. Vor ihrem Blick das Mindere muss weichen; ihrem Aufbruch zeigt sich schon der Preis für den entwickelten Elan; was sie erreichen ist in Minne, Traulichkeit und Ebenmass gediehen.

Wohlan denn, gilt es nicht, das Treffliche zu lieben, das in jeder Weise dem Bekömmlichkeit verschafft, der Weisheit an die Stelle des Vermutens setzt und der Gerechtes sät in weitem Bogen vor sich hin Gerechtigkeit und Wohlgesonnenheit zu ernten. Wie viel wird gut, wenn Güte sich ins Werk gesponnen; wie edel wird der Wein, wenn sich die Rebe liebevoller Pflege freuen darf in sonnenwarmen Tagen. Es kommt es geht das Wandelbare durch das Zeitliche dahin, gemach verschwinden seine Spuren. Doch in die Weltenseele prägt sich das Geschehn und moduliert ihr Wesen hoch und höher bis zur Göttlichkeit empor. Wes Träume sich zum Höchsten winden, wird sich im Unermesslichen verwurzelt sehn und wird damit sich selbst, am Gängelband der fortgeschrittnen Wesen, ins Vollendete entfalten,

Heil im Unheil wird ihm Zeuge sein des Wunderbaren, das auf Schritt und Tritt dem Aufgeschlossenen entgegenströmt und ihm die Wege weist zu allem, was ihm frommt und was dem Weltenwohl zu Diensten. Es sei, dass sich das Seiende das Sein zur Stätte auserwählt und zum beglückten Bleiben. Aller Nöte bar soll es sich in der Tat im Wirklichen erleben und bewusst der Dinge achten, die es fortgesetzt umwehn. Wie in der Fabel soll sich Traum um Traum zur höchsten Blüte dann erheben; in Seinsgeschwisterschaft soll sich versammeln, was vordem im Einzelnen sich weh' getan. Geliebte der Allherrlichkeit sind allesamt vom selben Geist ins Göttliche getragen und ergänzen sich zur Einheit dessen, was da *ist* und was da will sich über jeglichem Begrenzen in der einen Freude finden und im einen, friedevollen Wiedersehn.

7.4

Friede im Gemüt, so sehr die Stürme auch die Welt umtosen. Was bewirkt, dass die erhabenen Gedankenströme sich geflissentlich den Vortritt schaffen vor den minderen und sich in Szene setzen, das Bewusstsein klärend und den Gang der Dinge sanft verändernd zum bedeutungsvollen Guten in des Daseins fordernder Gewähr? Das Hingegebensein ans Numinose öffnet die Kanäle, die vom Hier und Jetzt ins Überweltliche führen und erhellt der Seele Spiegel mit dem Lichte höherer Vernunft, die alles von sich weiss, was ihr im Augenblick vonnöten. So erklären sich die Werke künstlerischen Strebens aus der seinsgemässen Weise, die sie leicht und luftig, farbenfroh und integral entstehen lässt von Fall zu Fall und von vergnügtem Aufschaun zu bewunderndem Sich-selbst-Erfahren.

Dazu braucht es weder die Tonsur am Haupte, noch das Lächeln der Verzückung auf den Wangen; viel mehr kann jedes selbstbewusste Menschenwesen sich die Freiheit anerziehn des Schaffens aus Begeisterung im Winde heiligen Erlebens. Jeder kann, was ihn zum Höchsten führt, erfahren in der Eintracht mit dem All-Lebendigen, das ihn umflort und seiner Innheit Flamme ist im Zeitenmass. Bedenke, was dir frommt im übersinnlichen Gewoge und erfülle deine Mission im hingegebnen Lauschen. Sieh, das Kommende ist immer dann schon da, versetzend dich ins Seinsbeglücken, wie ins Weilen in elysischer Gestimmtheit seelenselig vor dich hin. Gang zum Trost will ich dies nennen, Hang zum endlichen Erlöstsein von der Sinne tückischem Erwägen einer Welt des Aufruhrs und des Wahns. Du Bist, noch ohne jeden Schaum um dein Gewissen; du lächelst deinem Seien Minne zu, noch eh der Unsinn der Verführung kann darüber fahren. Taufe, tausche, was du bist im allertäglichsten Gewahren mit dem Hohelied der Freude in der Sinnkraft deines In-den-Überwelten-Ruhns und stärke dich im Wehn der Zeit mit Nektar aus der Seinsschatulle, deren Reichtum nie versiegt und deren duftende Aromen deiner Welt zu Heil und Heiterkeit gereichen.

7.5

Nun denn, erbaue dich am Wort, das wie ein perlend Wasser deinem Seelenkämmerlein entfliesst und dir in Weisheit, Trautheit und gelassenem Erwägen eine Gabe ist von wunderwirkender Gewähr. Manch Scherflein hast du selber dazu beigetragen, dir die Gunst der Götter zu erringen, doch das ihre, das sie tun ist von so überragendem und überraschendem Bedeuten, dass dein Anteil winzig wird dagegen. Schau auf und meide es, auf dich zu schauen; schau der Welten Glorie und eine dich mit ihr, damit die wahren Gründe deiner Existenz sich deinem Sinnen offenbaren. Wissend dich im Allbewussten reiht sich Ah und Oh in deine Züge ob der Perspektive, die dir dann obliegt. Die Schranken sind gefallen zwischen dir und der Allherrlichkeit; was klein ist siehst du klein an dir, dem Grossen huldigst du wie einem Heiligen, das deinem Wesen höchste Würde gibt und Glanz und überwältigendes Strahlen.

Die Berge sonder Unvernunft und Tücke weichen, offne Räume horchen deinem Sang von Freigefühl und strömendem Vertrauen und erwidern deiner Kräfte Sporn mit Wogen wunderbarer Einigkeit im Wollen und Gefühl. Es liegt Verzauberung in allen Aktionen, die du solcher Weise unternimmst und die dir Weltbegeistern zeigen. Nimm und nimm und teile aus, was dir an Schätzen zukommt in der Seinsvigil und überbiete dich an heiterm Dich-Bestaunen. Nur zücke deinen kleinen

Finger und schau zu, wieviel davon erwacht im Unwahrscheinlichen. Ein Fest bereite dir aus Wohlverstand und Wohlverstehen des Geflüsters, das im Reigen dich umrundet und begabt dich mit entzückenden Erkenntlichkeiten.

Sprich an ein Lüftchen im Spazierengehn und sei gewiss, dass es dir auch erwidert, was du meinst zu fragen. Sprich die Gedanken in den Raum und wisse, dass die Fülle in ihm wohnt, die Wonne reinen Seins und dir zum Segen alles Heil der Welt, wenn du's gewissenhaft betreibst, das Unermessliche um Rat und Stärke anzufragen. Bedenke, was du kannst und tue, was dir frommt in lächendem Erlaben.

7.6

Getreu dem Nimbus, den Gerechte mit sich tragen, spanne du die Muskeln, pure Tatkraft zu erbitten und den Speer, der deinem Kämpfen Wohlverstand, Gehorsam und Geduld verleiht im wundersamen Heer der Widerspenstigen am Leben. Gewinne du Format am fortgesetzten Dich-als-heil-Erklären, schaffe Friedensraum, indem du deine Friedefertigkeit in härtsten Proben rein bewahrst und niemals zürnend aufbegehrst, wenn andre dich mit ihrem Schabernack beehren. Kraft von innen, Liebenswürdigkeit und Tugend halten dich auf graden Wegen, die geflissentlich zur Minne Gottes führen und zur Transzendenz des strebenden Bewusstseins über allen Daseinsnöten. Vife tragen sich beizeiten säuberlich ins Buch der Weisheit ein, ihr Wesens Keime zu befördern und die Geistentfaltung über die Gewinnsucht hinzustellen. Leis und lauter sind die Akrobaten wahren Seinserringens; sie vollführen ihre Kur allein vor der Gesellschaft hoher Wesen, die nicht Bein und Blut, noch Fräcke an sich tragen.

Was sich reimt auf Unbedingtheit lässt die Herzen der Gerechten Gottes höher schlagen. Nie besiegt und nie erschrocken wirken sie ihr Soll im weltenabenteuerlichen Streiten und ergeben sich nur dem, was höchster Wille ist und strahlende Potenz im Überbau des Sinnlichen, dem alle Ordnung innewohnt im Evolutionenheergefüge.

Es dämmert mählich in der Menschheit eine Helle still heran von seinswahrhaftigem Gepräge. Nicht nach Nutzen, aber nach bedeutungsvollem Wohlbefinden führt sie die Getreuen ihres Strahlens und gewährt, was keine noch so blanke Lebensschwülstigkeit gewähren kann. Der Menschenart entarten heisst, dem wahren Menschlichen die Stange halten und Gebiet erforschen, das in wunderbarem Einklang steht mit allem, was die linde Seele sich ersehnt im gläubigen Geneigtsein höhern Welten zu inmitten unsrer, die so sehr der Klärung noch bedarf im steten Aneinanderfügen. Wirkendes wird wirklich, wenn die Augen aufgehn in des Seinserkennens Harmonie.

7.7

Regelmässigkeit bewahrt das Seinsdynamische vor wilden Tücken und Attacken, die mit ihm ins Hastige und Irre wollen gehn. Gewohnheit kann auch gut sein, wenn sie Werte pflegt, die ein Lebendiges weiterführen und Gewähr ist für vollendetes Gestalten, Makellosigkeit und Seelenfrieden. Meisterst du dein Soll in langgedehnten Zügen seinsgeduldigen Errötens, trägst du dein Wesensbild unweigerlich voran und leistest Grosses an der Welt der hunderttausend Kleinlichkeiten. Konstanz ist rar und Klarheit lässt sich nicht mit Grillenfangen anerziehn. Es ist die Willensstärke die dich bei der Stange hält, wenn die Gedanken drohen ins Abseits zu gleiten. Erhalte dich, indem du Rückhalt dir gewinnst aus der beständigen Bitte um die Kraft in deinen Gliedern und Befruchten deiner Sinne, dass du weiter blühen magst in deinen Runden. Was erhebt, wird auch erlebt und spornt dich an zu Weiterfahrt und Sitte, Pflege des Formats und wissendem Begünstigen der Situation. Gelingt dir, was du vorhast, fliegt der Schimmer eines Lächelns über dein Gewahren und belohnt dich für das Tugendhafte, Tatenfrohe, dem du Raum vergabst in deinen biographischen Annalen. Entwische nicht, dass du nicht ausgewischt wirst aus dem Buch der Tüchtigen, die sonder Fehl und Tadel um die Wette eilen. Lass ab vom Drängeln um den Vorteil des erholungssüchtigen Sitzenbleibens und erhalte deine Sehnen fit im Werken, Wirken und die Umwelt-regelrecht-Verstehn. Deine Musse sei ein tätiges Vollenden dessen, was du bist im allgewaltigen Gefüge funkelnder und feingestimmter Kräfte unermesslichen Verfügens, dem du innewohnst und das die Mitte ist im Weltenraumen. Glaubend gibst du dich ganz hin und lieferst als Gelieferter die reifsten Früchte an die harrende Gemeinde, die Erbauung will und Zuspruch in so mannigfachen Nöten.

Was dir frommt, ist eines Frommseins Zug von überirdischer Natur in dem beschlossen ist, was alle Weisen von sich sagen: Treue fügt Gerechtigkeit ins Weltgefühl, und mimen sollst du, was sich ziemt, bis sich in Wahrheit Himmel der Gottseligkeit um dich erheben,

7.8

Anmut, Sanftmut und Ergeben tragen dich dahin, wo Friede herrscht nach langem Wallen her und hin. Du bist ins Meer des Seins gesunken unerschöpflicher Bewusstheit und besinnst dich auf das Übermass an Würde, Weihe, Güte und vermittelndem Gerechtsein, das dir damit eigen. Raum und Zeit sind wie hinweggeblasen und doch da, sowie du sie berufst; es geht von dir ein überwältigendes Strahlen.

Erkenntnis ist nur neu für den, der sie bislang vermisste; denn die Gegenstände reinen Schauens waren immer da und sind nur der Befangenheit verborgen. Nutze deinen Tag, um forschenden Genies das Szepter auszugraben, das dich ziert und dem du fürder deine Glorie verdankst im Weltenweben. Im Vereinen deines Königtums mit dem Alleinen liegt die Würze deines Seins und die Befreiung von den Fesseln jeglicher Provenienz, die du dir auserkoren. Des Herren Joch ist sanft, sowie du Seines Waltens Eigenartigkeit begriffen; selbst das Rütteln schwerer Prankenhiebe will dich nur zum Heil im Geiste führen.

Geh den Sonnenweg hinan und sieh wie mählich auch die letzten Schatten von dir weichen; alles ist in Lieblichkeit getaucht poetisch reinen Werdens, und die Wissenschaft des Seins erfüllt dein wägendes Bedenken ratvoll, tatvoll und gediegen. Wo du immer bist, es wendet sich dir höchster Weisheit Flamme zu; du wachst in Träumen der Allherrlichkeit und findest dich in Seelenhochgesängen wieder. Gewährnis ewigen Gesundens hüllt dich ein und der Himmel lächelt deinem Schauen seine Grazie entgegen. Was unbestimmt an dir, erhebt sich zur Gewissheit des Erlebens, was zerfahren wird zum Blick auf *eines* in der Wiederkunft der Freuden am erwählten Dasein mitten im unendlichen Gespür. Ersieh darin den Trost für deine Wunden, die Barmherzigkeit nach langem Leiden und die Einfalt des Beglückens nach den Trauervolten in der Lebenskür. Die Demut schaffts, die Liebe liest's zusammen, was im Herzen sich zerdrischt und füllt die Speicher der Holdseligkeit im Gottvereinen. Beliebst du ja und ja zu sagen zum Geschickten, zum Geschenkten in des Lebens ewig wandelbarer Elegie, erreichst du unvermittelt Frieden der allgütigen Art, der nimmer bröckelt und der allem Unverstand zum Trotz Geheimnis um Geheimnis lüftet deines Existierens in der Heimat überwältigender Geister wie im Schoss der Andacht, die sie zur Vollendung führt.

7.9

Nomen, Omen, merk dir dies Geflüster und vermeide jeden sprechenden Gedanken, der Verminderung, Verhinderung bedeutet in des Lebens Zeitelan. Hüte deine Sinne, wie die Wächter ihre Tore, dass kein unrein Bild sie frech durchschreitet und im Innern Unheil deponiert. Deine Statt sei rein und strahle Sonnenklarheit in die Weiten, dein Gelübde spiele Göttern Glanz und Menschlichkeit und Tugend zu, damit sie sich der Welt verbinden können und gesegneten Gewissens Lauterkeit und Schönheit sprühen mögen in die Völker ihrer Wahl. Beweise dir, dass du dem Sein entsprungen und erweise dich gerecht ihm gegenüber als der Wahrheit die nicht so und so ist, sondern unumstösslich festgefügt Gesetz des Alls bedeutet, das die Klugen wie die Weisen lebelang und innig zu ergründen suchen.

Heiterkeit, Gelassenheit und überschauendes Gewissen sind die Attribute derer, die die Rebe der Wahrhaftigkeit gekostet haben. Ihnen kann kein wirklich Unheil mehr geschehn, weil alles, was sie wirken und erleiden nach den Plänen des Allherrlichen geschieht und fruchtbar ist dem Gang der Evolutionen, die sich durch Äonen ziehn. Leistung ist Bescheidenheit in kühner Allegrie des Nützlichen, das auf das Seelenleben zielt und Wunden heilt und Trost verbreitet, wo die Wesen darben und bedürftig sind in Nacht und Qualen. Was du bestimmend aus dir ziehst, ist auch ins Übersinnliche gezogen und stösst Werte, Welten und Geschöpfe an, die weit ins Ewige hinüberreichen. So verwebt sich alles, eh du's recht bedacht und ordnet oder wirbelt durcheinander nach dem Stande deiner Wissenschaft und nach der Absicht, die du hegst in deinem Dich-Begründen. Unvermittelt droht Gefahr, wenn du des Rechts entbehrtest; frei von Tücke wirst du in der Reinheit der Gedanken aus der Lebenslotterie hervorgehn unter dem beschützenden Gefieder derer, die dich auf dem Weg begleiten. Seinserheben ist gewiss das Rechte für des Menschen hoffendes Gemüt und Seinsbewusstsein seine Krone wagemutigen Weitergebns.

7.10

Heller Kräfte Sieg steht vor dem Blick der Zukunftsgläubigen Gemeinde und beschwingt ihr Tun und Lassen, wie der frische Wind die Segelnden beschwingt auf himmelweitem Ozean. Mag es auch noch so sehr im Weltgebälk rumoren, die Starken, die es stützen, haben keine Ursach zu erlahmen, weil sie sich vom Ewigen befruchtet und begünstigt fühlen. Wankelmut ist ihnen fremd und Wehmut tauschen sie mit freudigem Erwarten immer neuer Seinsgegebenheiten und Gelegenheiten ihre Werte zu beweisen. So in dir. Du schweigst - und alsbald sprechen sie ihr Meisterwort in dein Befinden, mengen sich galant in deines Wesens Offensichtlichkeit und stehn dir bei im Dich-zu-Taten-Motivieren. Geliebter deiner Herren sollst du werden im Gehorchen, Horchen und Geschwind-das-ihrige-Tun, damit dir nichts verlorengeht an eingeflösster Weisheit wie an hundertfach gespiesenem Elan. Es wirft die Woge des Gestaltens sich in deinen Gründen mächtig himmelan und giesst sich in Gebilde unnachahmlich reiner Poesie. Bestaunenswertes trägt sich deinem Sinnen an und drängt dich, seine Fülle in den Zeitlauf zu entladen. Das ist da und sucht nach

Nennung eines Namens, der dem Ausserordentlichen zur Genüge Rechnung trägt und es bezeichnet als das Werk der Hintergründigen, die alles in den Händen der Begeisterung und Seinsbeglückung halten, eh sie einem Wesen trauen, es ins Wirkliche zu vertun.

Leichten Schritts sollst du einhergehn auf den Wegen des Vollendens einer grossen Sendung in der Wucht des Weltenplans. Ohn' Bedenken öffnest du die Siegel jener Schrift, die dich die Werke heisst zu tun nach deiner Eigenart und deinem Pflichtgefühl im Guten. Runden sollst du, was im Eckigen erstarren will, begüten, was beharrlich seinen Eigennutz verteidigt und mit Herzensdank belohnen, was den Schritt zur Einigkeit getan im Weltgefüge. Zeuge deines Fortschritts sollst du werden immerzu, denn das Erreichte ist nur Stütze auf dem Weg zu neuen Reichen, neuem Überborden, neuer Sagenhaftigkeit und neuem Ruhn.

7.11

Was sich zusammenbraut muss ausgestanden werden; was arg daherkommt teilt sich an der Widerspenstigen Bug und kann dem Wesen ihrer Stärke nimmer schaden. "Salve me, domine," darf jeder rufen in der letzten Not und darf am Ton der Innigkeit erfahren, wieviel Ruhe aus der Hoffnung fliesst, die sich dem Himmel dargeboten. Wir Arme haben seinem Kreisen zu beweisen, dass wir reichen Seinsvertrauens sind und mit ihm und in ihm unser Lebenswerk vollenden, sei es wie es will geheimnisvoll geladen und zum Rand geführt des Scheiterns irgendwo. Das Wahre scheitert nie und ist bewahrt und seinsgetragen in der Athmosphäre höheren Gewahrens, die sich um uns schmiegt und Vorschuss wallt und Nachschuss haufenweis in unsre Gauen.

Was wir selbst bestimmen, mag auch noch so süss sein, ohne übereinzustimmen mit der Weltgewandtheit überird'schen Schlags muss es uns bitter werden. Das ist ein Erfahren der Gesetzlichkeit des Absoluten, die kein Fehl erträgt und kein Verletzen ihrer Würde im Geringsten wie im Gigantesken, wie es täglich sich erweist am Fallbeispiel. Lernen, Lernen und Begreifen ist das Ziel im Ringen um ein bessres Dasein, seeleninnig, seinsgediegen. Eine grosse Stimme ruft dich ständig an und leistet dir Gesellentum im Werden. Keiner deiner Schritte ist verloren, wenn du einsiehst, wie komplex die Reise ist nach Klarheit und Gewissenhaftigkeit des Einzelnen im Schoss der Millionen. Lässt die Bangnis viele aneinander sich zerstreiten, reinigt Zuversicht und Güte, was wir sind und lässt uns unser Einssein in Bereichen höheren Bedeutens anerkennen. Liebe hilft uns immerzu das Richtige zu tun und ist dem seinssezierenden Verstand weit überlegen. Warner mag sie sein und Allerbarmer in den Händen der Getreuen, die vom Leben das Notwendige verstehn.

Das Zusammenfügende ist weiser als das Seinszersplitternde, das immer nur den Weg weist zu dem einen Ziel: Sich in die Wirkungslosigkeit des Weiselosen heimzufinden, wo jede Absicht sich verliert und reines Sein als Wonne sich erweist des Absoluten, wo raumlos Schweigen herrscht als Qualität und wo das ewige Heitersein sich ins Bewusste einverwoben. Glanz und Lächeln sind im Spiel, wo nichts mehr zählt, als ruhevolles In-Potenz-Verweilen, überragenden Gewissens, ohne Sinn und Ziel.

7.12

Leib der Erde, Leib der Gottheit im Verfügen über alle Weltenkräfte, die ihr eigen. Wer gehorcht und sie gewähren lässt in seinen Gauen hat gewonn'nes Spiel. Was der höchste Wohlverstand nicht schafft, das führt sie leichthin ins Erleben und beseitigt Widerstände und Gezeter durch den schicksalhaften Machtspruch ihres Willens in erstaunenswerter Dichte der Naturgesetzlichkeit, die ihr zu Diensten. Des Menschen Handeln ist ein Handeln Gottes an sich selbst, mit allen Konsequenzen. Selbst das trügerische In-die-Irre-Gehn vollzieht sich unter seinem Hangen, Bangen und Gewähren einer Freiheit, die soviel verdirbt und noch viel mehr gewinnt an neuer Sicht auf das Geschehn der brandenden Äonen. Wie einer sich denn fühlt ist absolut entscheidend über sein Verhalten. Ein Gottgesegneter ist edel, voller Demut und Gewissenhaftigkeit, ein selbstgefälliger Herrscher über seine Seinsdomänen ist von Arroganz geprägt, vom

Machtgefühl besessen und mit Klappen vor dem Augenblick versehn. Wühle, was dir frommt und dein Gewissen wird sich weiten ins Bewusstsein der Allherrlichkeit, es wird der Gabe des Vereintseins teil mit dem was ist und was nicht erst zu werden braucht in zeitgedehnten Tagen. Die Summe alles Guten ist schon da für alle, die es schauen mögen; das überwältigend Gediegene hat über dir sein Szepter längst geschwungen, um dich loszulösen von der Sinne Wahn. Der Schritt ins Geistgebiet ist jedem offen und geschieht an dem, der sich nicht selbst blockiert in seinem Menschenwerden.

Raben haben keinen Zutritt zu den Hallen reinen Lichts, die alle Welt in Sanftmut und Erhabenheit umfahn. Täubchenhafter Unschuld wird ein Fensterchen geöffnet und flugs ist sie darin, wo Freude, Stille, Wohlgemutheit, Heiterkeit und Überzeugung herrschen. Deine Waage kippt zum immerwährenden Beschauen des bewussten Vorwärtsgehns ins grünende Gedeihen und zum Sein in graziöser Einfachheit des Weilens. Hoffe nur - und Heil kommt dir entgegen; harre aus - und Weihe fällt dich an in heiliger Behutsamkeit und namenlos beseligendem Rauschen.

7.13

Die Regeln zu erfahren und nach ihnen sich zu richten in dem überwältigenden Spiel, ist jeden Bürgers Losung im Verbund der Welten. Alles Leben ist ein spielerisches Sich-in-Szene-Setzen anerkannter Kräfte, die zum äussersten ihr Recht behalten wollen und sich doch nach der grossen, über alles hingezognen Decke strecken müssen. Sei es Menschenmacht, der Trieb, der Ehrgeiz oder das Nach-Ruhm-Verlangen, immer stösst das Individuelle an die Grenzen eigner Machbarkeit und muss sich einem Höheren, Bedeutenderen unterziehn. Erkenntnis, viel Erkenntnis ist vonnöten, bis ein Wesen seiner Grenzen schickliches Geviert nicht mehr zu überschreiten trachtet und damit das Ganze, das es ist, erschauen kann in gloriosem Alles-Überbieten. All so klein und gross zugleich, gering und hochbedeutend in demselben Zug - und Wild und Jäger ebenso in seinsbetrachtender Genüge. Nicht Belehrung, neunmalkluges Räsonieren oder überwältigend Erfolgreich-Sein ist hier vonnöten, sondern das Erfahren einer inneren Konstanz, die niemals wankt in ihren stillen Ambitionen und die schlussendlich aller Wesen Glut und Mitte ist im unverzagten Weitergehn auf noch und noch so sehr verzwickten Pfaden.

Seinsgewissen mag man dies benennen, Flötenton der Weisheit oder schlichte Himmelsgabe, immer klingt dasselbe auf im Herzen, das dem Vielgeprüften Heiterkeit und Zuversicht verleiht und seinem Menschentum das Unbestechliche und unversiegliche Agens erstrahlender Wahrhaftigkeit bedeutet, das ihn leben lässt und wachsen und gedeih'n.

Kunde gibt und Klarheit über dieses Phänomen - des Sternenhimmels unsagbare Weite, die ein jedes Herz entzückt und es erahnen lässt ein wunderbares Wirken von Gerechtigkeit und friedefertigem Begaben. Nennwert ihrer selbst, erstrebt die Gottheit nichts als Schönheit, Würde und Gelassenheit im Guten und beschenkt das hoffende Gemüt mit dem, was sie sich ist im Schicksalslosen.

7.14

Wer hüllt die Seele in den Mantel der Vergänglichkeit, wenn nicht sie selbst in ihrem unerschütterlichen Streben nach unendlichem Befrieden. Wer füllt ihr Schicksal an mit Unschuld, Unrast, Ungenügen, Unermesslichkeit und Seinsgewinn, wenn es nicht ihre eignen Züge sind im Meer der Illusionen, das sie ständig um sich legt. Ein jedes Stochern, Stottern, Wege-und-Bedeutung-Finden kommt von ihr im Wachstum der Geschicklichkeiten, dem sie ihre Tage weiht und das sie abenteuerlustig macht und seinsverwegen. Rätsel ihrer selbst, versucht sie dies und das zu lösen und beleuchtet weit und weitre Schritte vor sich hin mit Klarheit. Wohlgeordnet, überschaubar und gediegen sollen alle Angebinde ihres Schreitens durch die Zeit sich präsentieren, dass sie im Erfolg sich sonnen kann, den ihre Mühen ihr beschieden. Alles gut und wunderschön, doch driftet ihr Bedenken ständig zu den Hintergründen ihres Seinsagierens und betupft ein Allgewaltiges, dem sie sich nicht entziehen kann und das auf Biegen, Brechen und Gewinnen ihres Schicksals Part und Partner ist in unergründlichen Zusammenhängen. So beginnt sie, in der Partitur des Seins den Ton, die Melodie zu finden, die sie zum Erkennen führt der höchsten Motivationen, die vom Oben nach dem Unten wie unendliche Gesänge ihre Kraft verströmen. Schliesslich wird sie eins mit dem, was sie bewegt und wundert sich nicht mehr im Teich der Rätselhaftigkeiten, weil sie dessen Ufer fand und Ziel.

Doppelt sieht sie nun die Einheit ihres Wesens: Hinabgesenkt ins Branden eines Weltgetriebes, das verlockt und stockt, verwundet, heilt und Besserwisserei bedeutet.

Immenses stösst es an an Tugend, Tücke, Sachverstand und liebendem Umfangen reiner Anmut in der Stille des Bestaunens. Einheit ihres Wesens auch als Weltenseele, Würdigkeit, Wahrhaftigkeit und Ehre, die von Stern zu Sternen reicht, von Glanz zum Glänzen der Allherrlichkeit und vom Beschauen zum erfüllten Sein in ewiger Wonne und beseligendem Frieden.

7.15

Eine Weise, liebenswert und leise streicht wohl über alle Hügel hin, die mählich in der Dämmerung zerfliessen. Sinkt der Tag, erfüllt uns die Erwartung seligen Ruhns mit still erfahr'ner Freude, die wir aus gewissen Gründen wohl auch nötig haben. Auf den Weltenlauf bezogen rauscht des Dämmers gütige Hand beständig über Millionen hin und führt sie in den Schlummer, der so schlicht Natürlichkeit ins Leben zaubert und uns zeigt, wie sehr wir an geheimnisvollen Kräften hangen, die bestimmend, reinigend, erquickend, selbstlos ihre Pflicht erfüllend mit uns gehn. So erscheint das Leibliche als Gabe höheren Gewaltens, das uns lebelang als Wohnstatt zur Verfügung steht und das wir wie ein Kleinod hüten, lieben und gesund erhalten sollen.

Wir aber, Wohnende und Thronende sind aufgerufen, unser unsichtbares Wesen mit erkennender Gebärde sonnenklar vor uns zu sehn. Nicht Schall und Rauch und schwindendes Trompeten ist des Menschen wirkende Gewähr, doch ein gewisses Wirkliches, das lebt und sich erlebt im Leib und sich als Ich erkennen kann in wunderbarem Überbieten. Zu merken ist, wie sehr sich die Gegebenheiten überschneiden, scheinbar uns Gehörendes als Leihgut sich erweist und das geheimnisvolle Ich allein *ist*, was wir sind in unserem Streben.

Wie weit hinauf jedoch das Ich im Bunde steht mit aberhoch erhabnen Wesen, kann es allgemach im Evolutionenlauf an sich erfahren. Von da kommt das Erleben unbedingter Menschenbruderschaft, kommt des Vereintseins Zug ins Denken und des Schicksals unermessliches Zusammenfügen.

Nichts hindert dich, hinunter und hinauf zu gehn. Es führt die Leiter des Gestaltens deiner Angelegenheiten dorthin, wo du willst und sondert oder eint dich nach Belieben. Willst du nicht getreulich und galant ins Seinsumfangen gleiten? Eine Hochfahrt sondergleichen spricht dich leise, leise an und heisst dich, deinem Auftrag vollumfänglich zu genügen.

7.16

Nachklang deiner selbst magst du dich nennen in den Phasen deines hoffnungsvollen Wiederaufgerstehns. Alles, was .du je besessen, folgt dir auf dem Fuss in jedem Reich in das du eintrittst, um vollendeter daraus hervorzugehn. So erweckt dein eigner Stoss, was du dir sein wirst in den Sphären; so gestaltest du vor dir dein Schicksal hier und wieder dort in wohlgemessnen Zügen. Frucht um Lebensfrucht vereint sich in den Kammern deiner Seinsbewusstheit und befördert und ernährt das Kommende als Wesen kräftigen Agierens.

Ahnungsvoll betrittst du jede neue Stufe deiner Wallfahrt in bedeutungsvolle Höhn und setzest Zeichen an den Weg, um deinen Fortschritt zu ermessen. Freund der Sinne, mach es so, bis du das Übersinnliche gewinnst in lächelndem Erleben. Meistre deiner Dinge Fabelhaftigkeit so lange, bis du Meister bist des Strebens nach Vollendung und vollendeter Gewissheit, dass du bist das Seiende in absoluter Reinheit, Wirksamkeit und seelenseligem Befinden. Wozu sollte sonst so viel an Mühsal dienen, wenn sie nicht zur Hochburg führte wunderbaren Schauens der Allherrlichkeit, wenn sie nicht Befreien wirkte von der Illusion des Habens, um dem Wandrer Sein und Friedefertigkeit zu spenden?

Jedes Trachten geht ins Leere, wenn es nicht das Sinnenfällige und Festgefahrne überschreitet, um ins ewig Fliessende, Gedankenträchtige und Liebevolle einzugehn. Was du leistest sei in Elfenleichtigkeit getan und was du um dich breitest, sei wie Duft von Honig und wie neu gebornes Sonnenstrahlen. Deines Tagwerks Würde sei der Wohlverstand der Sterne, der das All durchwogt und deinem Sinnen Beistand leistet pausenlos; an deinem Munde hängt das Ohr der Vielen, die sich von ihm Aufschluss, Regsamkeit und Zuversicht erbitten, ohne Grenzen, seinswahrhaftig und gediegen. Sei dein Führer und damit der Führer aller. Treuen, die in dir ein Vorbild sehen wollen. Es geschieht an dir zuerst, was andre noch nicht schauen mögen und geschieht zu Recht, dass du in Jubel ausbrichst und Verwunderung verbreitest ob dem Seinsentzücken, das dir innewohnt und das aus deinen Blicken leuchtet, liebevoll und klar.

7.17

Hang zur Freude, Sang der Freundlichkeit des Lebens in dezenten Modulationen. Was dich zieht, ist eine Welt des Ursprungs allen schaffenden Genies, ist die Erkenntnis schöpferischer Fabelhaftigkeit in allen Dingen wie das Lob der Trefflichkeit, das duftet dir aus dem Natürlichen voll Grazie entgegen. Lied um Lied wird so gesungen in den Gärten still lebendigen Blühns, Menschenanmut geht spazieren und verteilt Gefälligkeit an die, die ihre Werte leisen Staunens sich besehn. Dir zur Feier hat sich dieser Tag erhoben, deinen Lippen zum Bekenntnis reinen Wonnefühlens und den Augen zum Betrachten des Lebendigen als Ausdruck seinswahrhaftigen Gebärdens.

Erkenntnis um Erkenntnis weisen Zueinanderfügens stärkt die Seele so und so, in Zeiten wachen Jubilierens, wie in Gelegenheiten, Mut und Treue zu beweisen. Immer strömt aus der Fontäne eines reinen Herzens Dankbarkeit den Himmlischen entgegen für Gesundheit, Kraft und Wohlbefinden. Lächelnd nehmen es die Götter an und überwalten den Gesegneten mit ihrer Huld im täglichen Gedeihen. Losgelöst und heiter darf er sein im

Meditieren des Unendlichen, das ihn bewegt und das in Freundlichkeit und Milde seinen Schritten Wegbereiter ist und rettender Gespan.

Erfahrung ist im Grunde immer gut, weil sie die Wesen weiterführt und sie beständig auch verscheucht aus Seinsbehäbigkeit und träg gewordnem Strahlen, Das Gesetz des Lebens will noch jeden über sich hinaus in hochgebenedeite Regionen führ'n, in denen Licht vom Lichte, Klarheit, Wahrheit, Liebenswürdigkeit und Tugend sich verbreiten und Gewährnis sind für Friedefertigkeit des Ewigen und Seelenruh. Geläuterte sind auserwählt, sich selber im Bewusstsein ins Erbarmen und Erbauen wunderbaren Seins zu führen, das Beständigkeit und unbescholtnes Walten ist allüberall in allen, die ihm dienen. Jeder Fährnis bar, bewegtst du dich in schwebender Gerechtigkeit in lichten, linden Sphären des Allheiligen und lächelst deinem Dasein Seligkeit, Gestilltheit, Dank und Liebeszärtlichkeit entgegen.

7.18

Weckruf in die Schar der Schläfer ist ein jeder, der Besonderheiten äussert einem Trott entlang von Seinsgewohnheit und verblassendem Vergnügen. Stell dir vor, es sei geschrieben, dass du ständig von Gottseligkeit beseelt bist und du weisst es nicht, weil du es nie gelesen. Dann magst du von dir glauben, dass dein Wesen in ein Bad von Lug und Trug, von Weh und Schmerz geworfen ist, aus dem es nicht entkommen kann für Lebenszeiten. Hörtest du den Sang der Weisheit in dir klingen, so verschwände das Gefühl der Hoffnungslosigkeit und eine Woge reiner Zuversicht hob dich hinan zum Sein in wunderbarer Minne mit den schicksalhaften Trieben, die allein Beförderis betreiben auch an dir. Über heisse Meilen gehst du dann dem Guten unerschütterlich entgegen und beachtest, was es von dir will an Selbstzucht, Zuverlässigkeit und Andacht vor den Geisteswesen, die mit der Welt in liebender Beschaulichkeit von Stuf zu Stufe ins Vollenden gehn.

Stückwerk ist, was Ungeist vorschiebt, um sich selber zu erklären; taktlos, was den Seinsgesetzen widerspricht, nur um des Mammons willen in der Weise des Verführens und Verfügens ohne Rücksicht auf das Heilige, das im Menschen lebt und seine Zierde ist im weiterführenden Vollbringen. Wie der Absud von der Butter wird das Widerwärtige einst ausgeschieden, dass die Reinheit dann floriert im fortgeschrittnen Menschentum und sich Verständnis und Geschwisterschaft verbreiten über alle Lande hin.

Ahnst du, was dir Treffliches bevorsteht in der Skala hoher Werte, die du in dein Leben integrierst und die dir Wohlgemutheit, Seinsgelassenheit und Sicherheit gewähren. Was du vor dir siehst im gleichgeschwungnen Joch von mensch- und göttlichem Gehaben richtet Ordnung auf und kunstvoll angelegtes Reisen in das Land des überschauenden Vollbringens und der frohgemuten Tat. Vorwärtsdrängende Geduld kann nimmer fehlen und Gehorsam höh'rer Art geht rein aus den Verwicklungen der Zeit hervor, wie schlau und dümmlich sie sich auch gebärden.

Makelloses Heil dem Wandrer über Gräte und gefährliche Passagen, Lächeln des Vereintseins mit dem Höchsten, ihrer Seinsbravour!

7.19

Im Geiste muss sich formen, was dem Geistgebiet gehört, und was herniederkommt ins Wirkliche der Zeiten ist erstarrter Fluss der geistigen Gebärde, die es schuf. Was glaubst du nun zu zagen, wenn die Form zerfällt und der Gebärde neue Räume öffnet, sich ins Phantasienreiche zu verfluten? Es ist gerade da vor deinen Augen, was du nicht begreifst und narrt dich Stund um Stunde weiter in der Art wie es sich gibt, gewaltsam oder zärtlich, zuversichtlich oder ängstlich, prüde oder frech ins Leben stossend. Könntest du das Treibende dahinter sehn, erschiene dir ein Weltenbund von überwältigendem Wogen. Alles wäre klar, was hier von Fall zu Fall sich zu verbergen trachtet, sei's die Unaufrichtigkeit, sei's unbewusstes Plappern, Bluffen, Anteilnahme, Mitgefühl und tiefempfundenes Begreifen. Eins zu eins sind die Gedanken aufgedeckt vor dem, der sehend ihren Lauf vergleicht mit Seinsgerechtigkeit und hoch und niedrig in den Menschen. Also spriesst das Wahre als Erbauung -

oder Lebenslüge in den Hinterhöfen der Natur- und weiss sich unfehlbar und magistral im Tagwerk zu behaupten. Lerne deine und der Welten Wahrheit an der heissen Ader aufzufinden und gewöhne dein Gewissen, sonderlich die Spreu vom Weizen, Ränkesucht von Klugheit, Barbarei von Edelmut und Geniales von Banalem unterscheiden, dass die Wege, die du wanderst, immer offener und freudespendender vor deinen Blicken stehn. Beschwingtheit, Tatendrang und weise wissendes Agieren sollen deine Trümpfe sein, solang du höhwärts schreitend deines Daseins Sphären adelst und dich als in Götterreichen webend einreihst in den Reigen der Vernünftigen, die weder Mut noch Jahre scheuen, um der Sendung, die sie in sich spüren, nachzugehn und sie ins Wirkliche zu treiben.

Walle, walle, Menschengöttervolk zu deinen Brunnen, Quellen und Reserven und vertiefe dich in ihres Schwalls erlabenden Elan. Sei wirklich und wahrhaftig geistgebackne Form und wandle dich von Stuf zu Stufe, Fall zu Fall und Sieg zu Sieg in höherwertigers Erkennen deiner Seinspotenz und deines unermesslich hoheitsvollen Strahlens. Gleite seinsbewusst und heiter durch dein Ewiges dahin und sende, spende, wende, was du bist in alle Weiten, Wonne zeugend, Sonne, Zartheit, Trost und lächelndes Begüten.

7.20

Vom Zielen ungesäumt ins Ziel, vom Schweben – in den Abgrund, wo die Keime deiner Güte harren und die Kinder eines Lehrers dürftig sind im Schwung des Zeitelans. Du weisst so viel und kannst doch nimmer wissen, wie Erkenntnis deiner selbst dich dem Unendlichen vermählt und dich vor den Exzessen feit der Wissenschaftlichkeit, die dich wie Sporen eines Pilzes ganz durchsetzt und demgemäss muss ausgerottet werden. Fragen hilft nicht weiter. Aus dem Sein heraus die Antwort finden, macht die Dinge würdevoll und schön. Gelächelt wird nur, wo Verstand und Wohlfeilheit ihr Ende haben. Hast du schon erlebt, wie wenig dir das Rationale nützt im Sicherheitskorsett, das du gewissenhaft und dick gepolstert um dich legen möchtest. Immer reissen dir die Stricke, dass du weiterer bedarfst und damit nie zu Ende kommst in deinen biographischen Banalitäten. Heiter wirst du erst, wenn du ein jegliche Gewissheit fahren lässest, vor der einen, reinen, dass du Sein bist in Gewandtheit sondergleichen, wie in rustikaler Schlichtheit, deren Grundzug immer ist: Genie.

Hannibal bezwang die Alpen nicht, weil er ein Vorbild hatte, sondern weil ein höherer Drang ihn bis ins Blut beseelte und ihm Kühnheit, Tapferkeit und Heldenmut verlieh. Was ihn dann besiegte, war sein Durst nach mehr, als seinem Rechte zustand; so verdünnte er erbarmungslos sein Heer. Willst du siegen, schaffe Raum, doch halte dich zusammen, dass kein Feind in deine Reihen brechen kann von niederträchtiger Gesinnung und verwerflicher Brisanz, dich umzustossen. Macht verkommt zur Ohnmacht, wenn sie nicht mit denen rechnet, die begierig das gepflegte Feld umstehn und jeden schwachen Halm erspähen, seinen Einbruch feiernd, wenn du dich nicht vorsiehst mit gewissenhafter Gegenwehr.

Zarten Windhauschs Überstreichen wird dir dann den Abend mild erscheinen lassen und dir Ruh gestatten, königlich und priesterlich in majestätisch zelebrierter Andacht vor dem Horizont des himmelweiten Purpurs und des ersten Sternenblinkens im erblassenden Azur.

7.21

Elegie des Selbstbesinnens auf den grossen Abschied, der die Wege trennt und keinen Raum zu lassen scheint für ein dezentes Wiedersehn. Wir fertigen ein Urteil nach dem Mass der Sinne, die zwar dem Lebendigen der Welt genügen, das Unsterbliche der Sphären, die uns licht umfluten, jedoch nimmer sehn. Täglich das Erkennen schärfen, bringt das Geistige im Menschen zielbewusst voran und stärkt das Schauen der Unendlichkeiten, die wir sind und bleiben. So wird Abschiednehmen leicht und luftig, weil es in die Reiche führt, die immer schon zum Wesen des Lebendigen gehörten und Bewusstes in Bewusstheit kleiden unfehlbar.

Hast du dorten einen Bruder, sprich ihn in Gedanken an; beglücke ihn mit Licht aus deinem Seelensein und sende ihm Vertrauen in das Neue, das ihn mild umgibt und ihm behutsam des Gewahrens Auge öffnet, wahren Freiseins Herrlichkeit zu sehn. Lausche dem, was als ein leises Widerhallen deines Sinnens dich mit Seinsverbundenheit begabt und lerne, in der Wirklichkeit des Überirdischen zu weilen.

Windest du dich in verflixten Weltennöten, sprich die ewig Rettenden aus ganzer Seele an und bleibe fest im Wissen, dass sie dir das Rechte antun in der Fabelhaftigkeit der Zeit und im unendlichen Befrieden, das sie dir liebevoll gewähren. Fort und fort erwache du aus deinen Träumen und erhebe dich ins wahre Schickliche, das dir gehört und deine Würde auf den letzten Stand bringt im Gewähren. Keine noch so traute Oper ist so schön, wie die von deiner Lebensweise, wenn du's recht verstehst, die Dinge als Gelegenheit zur Hochfahrt anzunehmen. Freiblut, Maiblut sollst du ewig bleiben in den Szenen des Erwachens her und hin und auf und nieder wie's die Götter von sich selber wollen, auch in dir. Bewahre Heiterkeit in jeder Falte des Gewissens und gewahre, dass du bist unendliches Genügen.

7.22

Was uns überkommt ist eine Saga grossen Stils, die sich im Mensch- und Göttlichen verliert soweit das Auge reicht und die Gemüter sich erhitzen. Hast du Gelegenheit so schön zu singen, dass sogar die Hähne hoch entzückt die Hälse nach dir drehn, so drehst du die unendliche Geschichte nach der guten Seite hin und hinterlässest keine ungefügen Spuren. Sei der Willkür fremd und poche auf Verlässlichkeit, Beförderung und Unbescholtenheit in jeder Phase deines Auferstehns zu wacherem Gehaben. Aus sich selber windet sich die Schlange, aus der Puppe schwebt der Schmetterling ins Blütenreich empor und einmal wirst du jeder Seinsbehinderung entbehren. Hier und dort, daheim und auswärts wirst du bei dir selber sein in wunderbarem Einklang mit den Angelegenheiten der Natur und wirst darob dein Weltbild gründlich revidieren. Wie die Meister wirst du dich zum Seinslebendigen bekennen als der Urwucht jeglichen Geschehns und wirst dich selbst an jeder Stelle des Erbauens und Vernichtens als Erbarmer oder Übeltäter sehn. Wissen wirst du, dass ein jedes Streben die Befriedigung der Dissonanzen will, die allem Wachsen, Werden und Gedeihn zugrunde liegen. Aufbruch ist ein Weh und Abschluss ist ein still verwehendes Geflüster von Erhabenheit und Harmonie im Unsagbaren, das die Himmel sich umkreisen lässt und dem die Sterne ihre Sagenhaftigkeit verdanken. Sein im Sein ist jeden Wesens Seligkeit im konsequenten Aneinanderfügen von Erfahrung, Weisheit, Güte, Seinsvertrauen und Gerechtigkeit, womit Vollendung einzieht ins Bewusste und vollendetes Genügen des Gereiften Wonne ist im Wunderbaren.